圣诞快乐

秋天来了

引入　重点　难点　动画　字词

U0116143

21 世纪职业教育规划教材——游戏·动画系列

Flash 动画基础教程

高艳　　编著

中国水利水电出版社
www.waterpub.com.cn

内 容 提 要

本书是 21 世纪职业教育规划教材——游戏·动画系列教程之一。

本书按照职业教育的特点，重视学生的操作技能，精选大量实例讲解，画面生动，激发学生学习兴趣，让读者快速理解和掌握 Flash 动画制作方法和技巧，满足 Flash 初学者和中级用户的学习需要。

本书共分 6 章，包括：初识 Flash 动画、Flash 绘图技巧、元件和库、Flash 中的简单动画、Flash 常用特效、Flash 综合应用。

本书适合作为职业院校游戏·动画专业的教程，也可作为相关专业学生、动画爱好者、Flash 动画初学者自学参考用书。

本书主要素材和源文件将免费提供下载，如有需要，可以从中国水利水电出版社和万水书苑网站免费下载，网址为：http://www.waterpub.com.cn/softdown/和 http://www.wsbookshow.com。

图书在版编目（ＣＩＰ）数据

Flash动画基础教程 / 高艳编著. -- 北京 ：中国水利水电出版社，2010.1

21世纪职业教育规划教材. 游戏·动画系列
ISBN 978-7-5084-7021-4

Ⅰ. ①F… Ⅱ. ①高… Ⅲ. ①动画－设计－图形软件，Flash－职业教育－教材 Ⅳ. ①TP391.41

中国版本图书馆CIP数据核字(2009)第217327号

策划编辑：石永峰　责任编辑：李 炎　加工编辑：李 刚　封面设计：李 佳

书　名	21 世纪职业教育规划教材——游戏·动画系列 **Flash 动画基础教程**
作　者	高艳 编著
出版发行	中国水利水电出版社 （北京市海淀区玉渊潭南路 1 号 D 座　100038） 网址：www.waterpub.com.cn E-mail：mchannel@263.net（万水） 　　　　sales@waterpub.com.cn 电话：（010）68367658（营销中心）、82562819（万水）
经　售	全国各地新华书店和相关出版物销售网点
排　版	北京万水电子信息有限公司
印　刷	北京市天竺颖华印刷厂
规　格	184mm×260mm　16 开本　11.75 印张　281 千字　2 彩插
版　次	2010 年 1 月第 1 版　2010 年 1 月第 1 次印刷
印　数	0001—3000 册
定　价	22.00 元

序

自 1998 年教育部机构改革以后，高等职业教育、成人职业教育、中等职业教育"三教统筹"，各具特色，形成了共同发展职业教育的可喜局面。根据国务院《关于大力发展职业教育的决定》（国发[2005]35 号）和周济部长 2005 年 6 月 14 日在《全国县级职业教育中心改革与发展座谈会上的讲话》精神，根据职业教育"培养生产、服务、管理第一线需要的实用人才"和推行"半工半读、工学结合，强化实践教学"等规定文件精神，结合当前我国职业教育改革发展实际情况，对我国传统的教学模式提出了挑战，以提高人才培养质量为目的、人才培养模式改革与创新为主题的专业教学改革势在必行。

职业教育的培养目标较宽泛，其上限为技术型人才，下限为技能操作型人才，而主体则为技术应用型人才。以培养技术应用能力和提高职业素质为主线，设计学生的知识、能力和素质结构是职业教育改革的重点。在职业教育改革发展的同时，出现了许多亟待解决的问题，其中最主要的是按照职业教育培养目标的要求，培养一批"双师型"的骨干教师，编写出一批有特色的基础课程和专业主干课程教材。

教材改革是职业院校教育改革的重点，是职业院校学科建设的关键，是教学改革的基础。为解决当前职业教材匮乏的现象，由中国水利水电出版社/北京万水电子信息有限公司精心策划，与全国数十所职业院校联合组织编写了这套"21 世纪职业教育规划教材"。本套教材全面贯彻国家有关职业教育改革文件精神，从策划到主编、主审的遴选，从成立专家组反复讨论教学大纲，研究系列教材特色特点到书稿的字斟句酌、实例的选取，每一步都力争精益求精，充分考虑当前职业院校学生的特点，在编写教材中，以最新的理论为指导，以实例化操作为主线，通过案例引入、知识拓宽、综合训练等环节使学生掌握最基本的操作技能方法。

本套教材凝聚了数百名奋斗在职业教育第一线的教师多年的教学经验和智慧，教材内容选取新颖、实用，层次清晰，结构合理，文笔流畅，质量上乘。

本套教材涉及计算机、电子、数控、机械等专业的基础课和专业课课程，适合当前我国各类职业院校作为教材使用。

大力发展职业教育，加快人力资源开发，是落实科教兴国战略和人才强国战略，推进我国走新型工业化道路，解决"三农"问题，促进就业再就业的重大举措；是提高国民素质，把我国巨大人口压力转化为人力资源优势，提升我国综合国力，构建和谐社会的重要途径；是贯彻党的教育方针，遵循教育规律，实现教育事业全面协调可持续发展的必然要求。相信这套"21世纪职业教育规划教材"的出版能为我国职业教育的教学改革和教材建设略尽绵薄之力。

金无足赤，人无完人，本套教材难免会有不足之处，恳请各位专家和读者批评指正。

21 世纪职业教育规划教材编委会

2006 年 6 月

前　　言

互联网普及和新兴媒体的出现，推动和加速了动画数字时代的到来。动画的制作过程得到了很大程度的简化，从而使得动画得以普及。

Flash 动画出现的短短十年，极大地丰富了人们的娱乐方式，构筑了网络动画学习和制作的新平台，正以前所未有的速度带动着众多 Flash 爱好者加入 Flash 动画学习和制作的队伍中来，无可争议地成为网络动画领域的王者。

Flash 现已成为大多数职业技术学校游戏动画专业、计算机应用专业的必修课程。Flash 可以体现和提高创作思维能力、造型绘画能力、角色形象设计能力、影视语言、镜头和软件制作能力等。使用 Flash 制作的动画作品，能满足社会多行业对动画作品的需求。

本书重点介绍了 Flash 绘图技巧、元件和库、Flash 中的简单动画、Flash 常用特效、Flash 综合应用，通过详细讲解大量优秀实例的制作技巧，将 Flash 的基础知识和动画原理呈现在初学者面前，能大大提升其学习兴趣，更为 Flash 动画爱好者在今后的学习、研究奠定基础。本书非常适用于职业技术学校游戏动画专业学生动画制作起步学习。

本书的主要特色是：作为 Flash 动画学习的初级阶段，以培养学生学习兴趣为中心，在教学过程中将 Flash 的基础知识和动画原理贯穿于大量实例的操作过程中，避免了理论学习的枯燥；本书针对读者群体的特点，注重基础理论和实际操作技能培养的同时，实例设计大多源自实际应用，以达到与社会实际需求接轨之目的。

本书主要素材和源文件将免费提供下载，如有需要，可以从中国水利水电出版社和万水书苑网站免费下载，网址为：http://www.waterpub.com.cn/softdown/ 和 http://www.wsbookshow.com。下载。

本书由高艳编著，梁黔义、姚业华老师进行审稿，周思晓、王农高、林罗龙、陈钰老师为本书的编写提供了建议和帮助，特此一并致谢。

由于编者水平有限，加之时间仓促，书中不足之处在所难免，恳请各位同仁、广大读者批评指正。

编　者
2009 年 10 月

目　　录

第 1 章　初识 Flash 动画

内容要点

✖　重点：Flash 的功能
✖　难点：Flash 动画应用前景

学习目标

✖　理解动画概念
✖　了解 Flash 动画应用前景
✖　了解 Flash 工作界面

1.1 Flash 的功能

动画是一种艺术形态，是一种"骗术"，它是利用"视觉暂留"原理，运用美术等艺术表现手段，将一系列基于时间顺序的静止画面连续放映或者运用计算机直接生成虚拟的活动的影像。

Flash 是由 Macromedia 公司推出的一款交互式矢量多媒体技术软件，它操作简单，功能强大。Flash 动画属于二维动画的范畴。但是，它与传统二维动画相比，有自己的特点。

- 矢量绘图：矢量图就是可以无限放大，而图像质量不损失的图片格式。
- 动画体积小：产生的文件很小，在网络带宽受限的情况下，提升了网络传输的效率，适用于网络传输。
- 流媒体播放：Flash 采用"流"控制技术。简单地说，也就是边下载边播放的技术，不用等整个动画下载完，就可以开始播放。
- 交互能力：交互就是通过使用键盘、鼠标等工具，可以在作品各个部分跳转，实现"人机对话"。Flash 通过 ActionScript 脚本语言来实现交互功能。
- 制作简单：Flash 动画的制作简单，周期短，作品诞生快。Flash 采用"补间"技术，可以在两个关键帧之间自动生成过渡帧，既可减少帧的制作，也可缩减文件大小。

1.2 Flash 应用前景

Flash 是多媒体及动画创作的主流软件。它的应用范围很广，广泛应用于网页制作、广告、动画短片、Flash MV、多媒体展示、游戏等各个领域。

- Flash 动画

用 Flash 可以制作出互联网中播放的商业广告、MTV、卡通动画片等。现在常用 Flash 来制作二维动画，并可以添加声音，如图 1-1 所示。

图 1-1　Flash 广告

- Flash 交互游戏

ActionScript 是 Flash 的脚本语言，是一种面向对象编程语言。随着 ActionScript 功能的强大，可以更好地制作出简单、益智的 Flash 游戏。网络上现在很流行 Flash 制作的小游戏，是现代人休闲娱乐的新宠，如图 1-2 所示。

图 1-2　Flash 交互游戏

● 　Flash 教学课件、电子书

Flash 可以用来制作教学课件、电子书，达到图文并茂的效果。用 Flash 制作出来的课件、电子书等生动、有趣，可以提高学生的学习兴趣，如图 1-3 所示。

图 1-3　Flash 教学课件

● 　制作网页

Flash 网页具有动画的特性，并配合使用 ActionScript 脚本语言，打破了静止的网页页面的格局，让人眼前一亮，如图 1-4 所示。

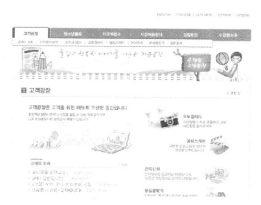

图 1-4　Flash 网页

● 　Flash 电子贺卡

Flash 电子贺卡以其图案精美、个性化制作、传递快捷等优点深受人们喜爱。利用网络来发送 Flash 电子贺卡，既实惠又环保，也能很好地传递朋友、亲人间的友爱之情，如图 1-5 所示。

图 1-5　圣诞贺卡

1.3　Flash 基本操作

1.3.1　启动 Flash

启动 Flash CS3 后，可以看到开始的页面（本书以 Flash CS3 为例），如图 1-6 所示。

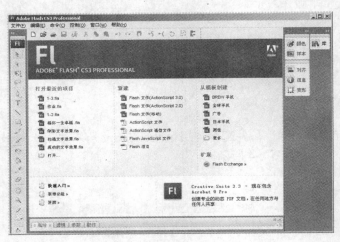

图 1-6　Flash CS3 开始页面

- 打开最近的项目：可以在此栏中看到最近打开过的文件。单击某个链接，可以打开最近打开过的文件。
- 新建：新建列表中列出了可以创建的不同类型的新项目，使用户能方便地选择需要创建的项目。单击需要创建的项目的类型，即可进入与之对应的编辑窗口，如图 1-7 所示。
- 从模板创建：该列表中列出了可以选择的各种类型的影片模板，这些模板可以帮助用户快速地完成既定模板的影片。单击选择需要的模板类型，打开相应的"从模板新建"对话框，在该对话框的"模板"列表中可选择合适的模板进行编辑，如图 1-8 所示。

图 1-7　新建项目

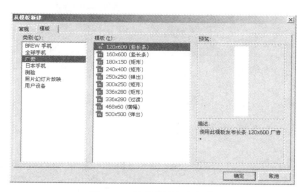

图 1-8　从模板创建文件

1.3.2　Flash 的预览和保存

1．预览、测试影片

完成 Flash 动画文件的制作后，可以预览并测试影片。按下 Enter 键，或者在菜单栏中选择"控制>播放"命令，可以播放影片。在播放的同时，时间轴面板上的播放头会随着播放的进度，从左到右移动。

 提示　再次按下 Enter 键，可以停止播放。

若要测试整个影片，可以按下快捷键 Ctrl+Enter，或者在菜单栏中选择"控制>测试影片"命令，这样，Flash 会调用播放器来测试整个影片。

2．保存文件

Flash 文件有多种格式，主要的格式有 fla 文件格式和 swf 文件格式，两种格式的保存方法如下：

● fla 文件：fla 文件是 Flash 编辑文件（源文件），是可以再次打开进行修改并添加功

能的文件格式。在菜单栏中选择"文件>保存"命令，在弹出的对话框中输入用户想
要保存的文件名和路径即可保存 fla 文件，如图 1-9 所示。

● swf 文件：swf 文件是 Flash 影片文件（播放文件），可以通过 Flash Player 来播放动画，
也可以应用到网页上使用。在菜单栏中选择"文件>导出>导出影片"命令，在弹出的对
话框中输入用户想要保存的文件名和路径即可保存 swf 文件，如图 1-10 所示。

图 1-9　fla 文件保存

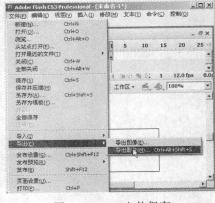

图 1-10　swf 文件保存

在保存了 fla 文件的情况下，按下快捷键 Ctrl+Enter，可以自动生成 swf 文件，
并且生成的 swf 文件会以与 fla 文件同名、同路径保存。

在播放 swf 文件时，可按快捷键 Ctrl+F，窗口将以全屏幕显示。

1.3.3　Flash 工作界面

要熟悉 Flash 工作界面，需了解 Flash 界面的主要组成部分。在开始页面选择"新建"列
表中的"Flash 文件"命令，创建一个新的 Flash 文档，如图 1-11 所示。

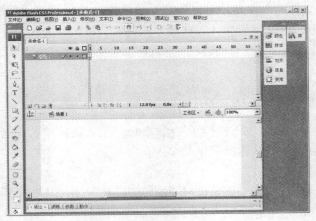

图 1-11　Flash 工作界面

1. 菜单栏

菜单栏共有 11 个菜单，包括"文件"、"编辑"、"视图"、"插入"、"修改"、"文本"、"命令"、"控制"、"调试"、"窗口"和"帮助"菜单。Flash 的大多数操作可以通过选择菜单来实现，如图 1-12 所示。

图 1-12　菜单栏

2. 时间轴

时间轴用于组织和控制一定时间内的图层和帧中的画面，是 Flash 中最重要的部分。它位于 Flash 工具栏的下方，可以显示影片长短、帧内容及影片结构等信息。时间轴的主要组件是图层、帧和播放头，用户可以进行不同的动画的创建、设置图层属性、为影片添加声音等操作，如图 1-13 所示。

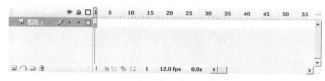

图 1-13　时间轴

3. 工具箱

工具箱包含了 Flash 中常用的工具，用于创建和编辑图像、图稿、页面元素等。它位于绘图工作区的左边。相关工具被编为一组，主要包括：绘图工具、颜色设置工具、视图调整工具、选项设置工具等，如图 1-14 所示。

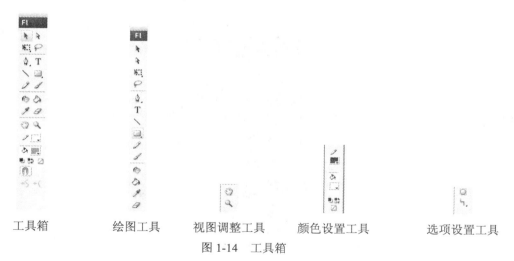

工具箱　　　　绘图工具　　　　视图调整工具　　颜色设置工具　　　选项设置工具

图 1-14　工具箱

4. 舞台

舞台是创建 Flash 文档时放置图形内容的矩形区域。创作环境中的舞台相当于 Flash Player 或 Web 浏览器窗口中在回放期间显示文档的矩形空间。单击舞台右上角的显示比例按钮，可以对工作区的视图比例进行快捷的调整，如图 1-15 所示。

图 1-15 舞台

5. 浮动面板

浮动面板用于设置对象属性等。默认情况下，将显示某些面板。可以隐藏某些面板，也可以通过在"窗口"菜单中选择面板来添加所需面板。通过面板菜单，可以对面板进行编组、堆叠或停放，如"属性"面板、"动作"面板、"颜色"面板、"对齐"面板、"变形"面板、"库"面板等，如图 1-16 所示。

图 1-16 浮动面板设置

（1）"属性"面板："属性"面板是在选择不同的对象后，显示对象相应的属性信息，并可进行编辑修改的面板。"属性"面板上还有"滤镜"和"参数"两个选项卡，可以完成某些对象的滤镜效果设置和参数设置，如图 1-17 所示。

图 1-17 "属性"面板

提示　快捷键 Ctrl+F3 可显示或隐藏"属性"面板。

（2）"动作"面板："动作"面板是用来创建嵌入到 fla 文件中的脚本的。在选定了要加入动作的对象后，在"动作"面板中输入 ActionScript 代码即可，如图 1-18 所示。

图 1-18　"动作"面板

 快捷键 F9 可显示或隐藏"动作"面板。

（3）"颜色"面板："颜色"面板可以在 RGB 和 HSB 模式下创建和编辑颜色。单击"颜色"面板右上角的按钮，可以对两种颜色模式进行切换，如图 1-19 所示。

图 1-19　"颜色"面板

 快捷键 Shift+F9 可显示或隐藏"颜色"面板。

"颜色"面板中的参数有"笔触颜色"、"填充颜色"、"RGB 颜色"、"Alpha"、"当前颜色样本"、"系统颜色选择器"等。

● 笔触颜色：设置或更改图形对象的笔触或边框的颜色。

● 填充颜色：设置或更改填充颜色。

● RGB 颜色：设置或更改颜色的红、绿、蓝的色密度。可以分别在"红"、"绿"、"蓝"框中输入 1～255 之间的值，也可以使用拖动滑块的方式设置颜色值。

● Alpha：设置填充的不透明度。在设置渐变填充的时候，设置当前所选颜色的不透明度。可以设置 0%～100%的 Alpha 值，如果设置 0%，填充颜色不可见（透明）；设置 100%，填充颜色不透明。

● 系统颜色选择器：可选择系统颜色。单击鼠标，选择所需颜色即可。

- 当前颜色样本：显示当前所选颜色。可选择不同的填充类型。选择渐变填充类型时，在"当前颜色样本"中将显示所创建的渐变过渡颜色。

（4）"对齐"面板："对齐"面板用于设置对象的对齐与分布等，如图1-20所示。

图1-20　"对齐"面板

提示　快捷键 Ctrl+K 可显示或隐藏"对齐"面板。

- 相对于舞台：舞台中的对象在进行对齐等操作时，将以舞台为参照物进行变化。
- 对齐：单击相应的按钮，可以调整所选图形的相对位置关系。"对齐"栏中可以设置"左对齐"、"水平居中"、"右对齐"、"上对齐"、"垂直居中"和"底对齐"等6种对齐类型。
- 分布：单击相应的按钮，可以设置对象在文档中的分布情况。"分布"栏中可以设置"顶部分布"、"垂直居中分布"、"底层分布"、"左侧分布"、"水平居中分布"和"右侧分布"等6种分布类型。
- 匹配大小：单击相应的按钮，可以设置对象的匹配情况，可改变对象的宽度、高度、宽度和高度，使其与指定的宽度、高度、宽度和高度相匹配。"匹配大小"栏中可以设置"匹配宽度"、"匹配高度"、"匹配宽和高"等3种类型。
- 间隔：单击相应的按钮，可以设置对象的间隔，"垂直平均间隔"可设置对象在垂直方向上的平均间隔距离。"水平平均间隔"可设置对象在水平方向上的平均间隔距离。

（5）"变形"面板："变形"面板用于设置对象的尺寸和位置，调整旋转角度和倾斜角度等，如图1-21所示。

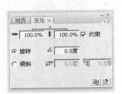

图1-21　"变形"面板

提示　快捷键 Ctrl+T 可显示或隐藏"变形"面板。

- 宽度：设置对象的宽度。
- 高度：设置对象的高度。

- 约束：选中后可同时设置宽度和高度为相同的值。
- 旋转：设置对象的旋转的角度。
- 倾斜：可设置对象的水平倾斜角度和垂直倾斜角度。
- 复制并应用变形：单击"复制并应用变形"按钮，可以复制变形的对象，复制的对象会重合在原对象的上方。
- 重置：可将进行了变形操作的对象恢复为原始图像。

（6）"库"面板："库"面板可管理所有独立元件，使用"库"面板可以完成元件的创建、编辑、修改、删除和管理工作，如图 1-22 所示。

图 1-22　"库"面板

1.3.4　Flash 相关概念

1. 矢量图和位图

计算机处理图形图像的方法大致分为矢量图和位图两种方式，如图 1-23 所示。

原始图　　　　　　　放大的矢量图　　　　　　　放大的位图

图 1-23　矢量图和位图放大

- 矢量图：是用一系列计算指令来表示的图，是利用直线或曲线来描绘图形的。它具有颜色、形状、大小和屏幕位置等属性。矢量图可以缩放到任意大小或是在任意分辨率的输出设备上打印都不会影响画质，而且可以通过软件轻松地转化为位图。制作这种矢量图的程序有 Flash、Illustrator、CorelDRAW 和 FreeHand 等。
- 位图：是以像素为单位表现图像，放大或缩小后图像会变得模糊，画质发生变化。

其变化的程度取决于放大或缩小的倍数。代表性的位图图像文件格式有 JPG、GIF、BMP 和 TIF 等图片格式。

2. 帧

Flash 是通过把对象放置在不同的"帧"里，按照一定的时间间隔来显示这些对象画面，形成动画效果。帧是 Flash 影片的最小单位，是形成时间轴的最小单位。

Flash 的帧分为如下几种：

● 帧：选择"插入>时间轴>帧"命令，可以在选定的帧上添加一个帧。

 提示 可以在选定的帧上单击鼠标右键，在弹出的快捷菜单中选择"插入帧"命令来添加一个帧，如图 1-24 所示。也可以使用快捷键 F5 来添加一个帧。

图 1-24　帧

● 关键帧：动画过程中关键画面所在的帧，即关键帧，可以理解为动画过程中的转折点。关键帧是在影片中插入了文字、图像、元件、音频等的帧，用一个黑色的实心圆点来表示。如果删除关键帧中的对象，就会自动转变为空白关键帧。选择"插入>时间轴>关键帧"命令，可以在选定的帧上添加一个关键帧。

 提示 可以在选定的帧上单击鼠标右键，在弹出的快捷菜单中选择"插入关键帧"命令来添加一个关键帧，如图 1-25 所示。也可以使用快捷键 F6 来添加一个关键帧。

图 1-25　关键帧

● 过渡帧：动画过程中两个关键帧之间的帧，即过渡帧。可以理解为动画过程中的过渡部分，用灰色表示。在 Flash 中，中间帧的生成由计算机来完成，代替了设计中间帧的动画师，如图 1-26 所示。

图 1-26　过渡帧

● 空白关键帧：没有对象的关键帧。可以理解为是还未插入任何内容的空的关键帧，用一个白色的空心圆点来表示。如果在空白关键帧中绘图或插入对象，就会转变为关键帧。选择"插入>时间轴>空白关键帧"命令，可以在选定的帧上添加一个空白关键帧。

提示　可以在选定的帧上单击鼠标右键，在弹出的快捷菜单中选择"插入空白关键帧"命令来添加一个空白关键帧，如图 1-27 所示。也可以使用快捷键 F7 来添加一个关键帧。

图 1-27　空白关键帧

3．帧频

每秒钟播放的帧数，即帧频。比如默认文档的帧频为 12fps，表示每秒钟播放 12 帧动画。每秒播放的帧数越多，影片越流畅自然。

4．图层

图层好比用来放置动画内容的透明的纸，Flash 可以出现多个层，层之间相互不影响。所有的图层叠在一起，形成了完整的画面，如图 1-28 所示。

图 1-28　图层

 提示　使用不同的图层，可以使放置的对象互相重叠，也可以放置相错图层。最好将对象绘制在不同的图层上，再来创建动画。

本章小结

本章主要介绍 Flash 的功能、Flash 动画应用前景，并以 Flash CS3 为例介绍了 Flash 的主要工作界面，还介绍了矢量图、帧、帧频、图层等 Flash 中常用的相关概念。本章将带领读者认识软件界面和了解 Flash 中主要概念，为后面的动画制作打好基础。

习题

简答题

1．矢量图有什么特点？

2．Flash 中有哪些不同类型的帧，各有什么特点？

单选题

1．打开"颜色"面板的快捷键是（　　）。

A．Ctrl+T　　　　　　B．Ctrl+K　　　　　　C．Shift+F9　　　　　　D．Shift+F10

2．动画过程中两个关键帧之间的帧是（　　）。

A．过渡帧　　　　　　B．空白帧　　　　　　C．关键帧　　　　　　D．空白关键帧

3．（　　）通过直线和曲线来描述图形，在对一幅（　　）进行编辑修改时，实际上修改的是其中曲线的属性，可对其进行移动、缩放、改变形状和颜色而不影响它的显示质量。

A．矢量图　　　　　　B．位图　　　　　　C．gif 动画　　　　　　D．矢量动画

4．默认时 Flash 影片帧频是（　　）。

A．10fps　　　　　　B．12fps　　　　　　C．15fps　　　　　　D．25fps

5．在播放 Flash 影片时，可按键盘中的（　　）键，窗口将以全屏幕显示。

A．Alt+F　　　　B．Shift+F　　　　C．Ctrl+F　　　　D．Alt+Ctrl+F

多选题

1．Flash 与传统二维动画相比，有哪些特点？（　　）

A．矢量绘图，可以无限放大，而图像质量不损失

B．动画文件很小，适合在网络传输

C．Flash 采用"流"控制技术，可边下载边播放

D．可以通过使用键盘、鼠标等工具，在作品各个部分跳转，实现"人机对话"

2．"颜色"面板可以在下面哪些模式下创建和编辑颜色？（　　）

A．RGB

B．HSB

C．CMYK

D．LAB

3．下面关于矢量图形和位图图像的说法正确的是（　　）。

A．Flash 允许用户创建并产生动画效果的是矢量图形而非位图图像

B．在 Flash 中，用户也可以导入并操作在其他应用程序中创建的矢量图形和位图图像

C．用 Flash 的绘图工具画出来的图形为矢量图形

D．一般来说矢量图形比位图图像文件大

第 2 章 Flash 绘图技巧

内容要点

✖ 重点：Flash 的工具运用

✖ 难点：Flash 绘图技巧

学习目标

✖ 掌握 Flash 的工具运用

✖ 掌握 Flash 图形绘制方法

✖ 了解文本工具的使用方法

2.1 操作环境设置

2.1.1 文档属性

新建一个 Flash 文件后，需要设置该文件的相关信息，如标题、尺寸、帧频、背景颜色和标尺单位等属性。选择"修改>文档"命令，打开"文档属性"对话框，如图 2-1 所示。

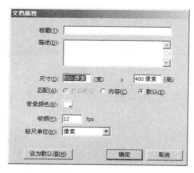

图 2-1　文档属性

- 标题：设置文档的标题。
- 描述：文档相关说明信息。
- 尺寸：设置影片的尺寸。
- 匹配："打印机"选项：使得影片尺寸与打印机的打印范围相符；"内容"选项：使得影片尺寸与屏幕相符；"默认"选项：使得影片尺寸回到系统默认值。
- 背景颜色：设置文档背景颜色。
- 帧频：设置影片播放速率，即每秒钟播放的帧数。
- 标尺单位：设置标尺的单位。
- 设为默认值：将当前设置值保存为系统默认值。

2.1.2 标尺、网格和辅助线

标尺、网格和辅助线是 Flash 中的辅助操作工具，用于对某些对象进行精确定位时的辅助工具。

1. 标尺

打开标尺后，用户在工作区内移动对象，可以在标尺上显示对象的尺寸位置。选择"视图>标尺"命令，或使用快捷键 Ctrl+Alt+Shift+R 显示或隐藏标尺，如图 2-2 所示。

2. 网格

网格是显示在场景中的绘图栅格。选择"视图>网格>显示网格"命令，或使用快捷键 Ctrl+'显示或隐藏网格。可以通过设置来改变网格的属性，选择"视图>网格>编辑网格"命令可以对网格的参数进行设置，如图 2-3 所示。

- 颜色：设置网格线的颜色。

图 2-2　标尺

- 紧贴至网格：设置是否吸附到网格。选择该项后，拖动对象时，对象会自动吸附到网格线上。
- 显示网格：设置网格线的显示。
- 箭头：设置网格线的水平和垂直间距。
- 贴紧精确度：设置对齐网格线的精确度。

　提示　"贴紧精确度"中的选项，只有在选择了"紧贴至网格"选项后才会生效。

无网格

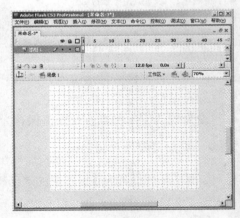

有网格

图 2-3　显示网格

3．辅助线

添加辅助线可以帮助对象进行定位。选择"视图>辅助线"命令，可以在其子菜单中看到"显示辅助线"、"锁定辅助线"、"编辑辅助线"和"清除辅助线"4 个命令，如图 2-4 所示。

（1）显示辅助线：移动鼠标到标尺上并单击鼠标，指针变成 形状时，按住鼠标左键拖动，在需要增加辅助线的位置松开鼠标左键，即可拖出一条绿色的辅助线，如图 2-5 所示。

图 2-4 　"辅助线"子菜单　　　　　　　　图 2-5 　辅助线

 提示 可分别在水平和垂直标尺上拖出水平和垂直的辅助线。

（2）锁定辅助线：为了将已经设置好的辅助线固定，使之不会在进行其他操作时被选定或移动，可以将辅助线锁定。选择"视图>辅助线>锁定辅助线"命令，创建好的辅助线将不可选定或移动，如图 2-6 所示。

（3）编辑辅助线：在使用辅助线时，可以根据具体要求对辅助线的属性进行设置，使操作更为方便。选择"视图>辅助线>编辑辅助线"命令，打开"辅助线"对话框，在其中可以对辅助线的颜色和其他参数进行设置，如图 2-7 所示。

图 2-6 　锁定辅助线　　　　　　　　图 2-7 　编辑辅助线

- 颜色：为辅助线设置颜色，默认情况下为绿色。单击颜色框，在弹出的调色板中选择所需颜色即可。
- 显示辅助线：可以设置对已经添加的辅助线的显示或隐藏。

 提示 使用快捷键 Ctrl+;可以进行快速的设置。

- 贴紧至辅助线：选择该项后，文档中的对象在拖动时，如果靠近辅助线，对象会自动吸附到辅助线上。
- 锁定辅助线：选择该项后，创建好的辅助线将不能被拖动。
- 贴紧精确度：可以设置对象在紧贴辅助线时的精确度，包括必须接近、一般和可以远离 3 个选项，如图 2-8 所示。

图 2-8　贴紧精确度

（4）清除辅助线：选择"视图>辅助线>清除辅助线"命令，可以将已经设置的辅助线全部清除。

2.1.3　手形工具和缩放工具

1.　手形工具

手形工具用于调整绘图工作区中图形的显示位置。在工具箱中单击"手形工具"按钮后，光标将改变为 形状，在工作区中按住鼠标左键拖动，即可移动窗口中的显示位置了。

2.　缩放工具

缩放工具是用于调整绘图工作区中显示比例大小的工具。在工具箱中单击"缩放工具"按钮 后，可以选择"放大"按钮或"缩小"按钮，对视图进行缩放。

通过时间轴右下方的"显示比例"下拉菜单，也可以快速地设置缩放比例。

提示　放大工具的快捷键是 Ctrl++；缩小工具的快捷键是 Ctrl+-。把视图的显示比例改为 100%的快捷键为 Ctrl+1。这在实际操作中经常用到。

2.2　绘制图形

2.2.1　绘制图形工具

1.　线条工具

线条工具主要用来绘制直线。线条工具的使用方法为：单击工具箱中的"线条工具"按钮，在舞台中拖动鼠标，在线条结束的位置松开鼠标，即可创建直线，如图 2-9 所示。

提示　绘制过程中按住 Shift 键，可以绘制出水平线、垂直线或 45° 斜线，如图 2-10 所示。

选择"窗口>属性"命令，在"属性"面板中可以设置线条的颜色、粗细和类型，如图 2-11 所示。

图 2-9　直线工具

图 2-10　绘制 45° 倍数的线

图 2-11　线条工具的"属性"面板

- 笔触颜色：设置线条的颜色。可以直接选取某种颜色作为线条颜色，也可以输入 RGB 颜色值。
- 笔触宽度：设置线条的粗细。可以使用滑杆直接调节，也可以在文本框中输入想要的宽度值。

提示 笔触宽度范围为 0.25 ~ 200 像素。

- 笔触样式：设置线条的样式，包括极细、实线和虚线等，如图 2-12 所示。

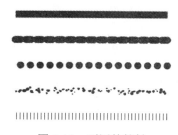

图 2-12　不同的笔触

- 自定义：单击该按钮，可以打开"笔触样式"对话框，通过设置类型、粗细等参数，能绘制出需要的笔触样式，如图 2-13 所示。

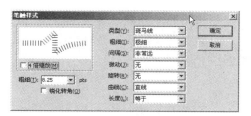

图 2-13　"笔触样式"对话框

- 笔触提示：将笔触锚点保存为全像素，以防止出现线条模糊。
- 缩放：限制 Player 中的笔触缩放，防止出现线条模糊。
- 端点：设置线条两端的样式，如无、圆角和方型等选项，如图 2-14 所示。

图 2-14　线条端点样式

● 接合：设置两个相连线段的连接方式，如尖角、圆角和斜角等选项，如图 2-15 所示。

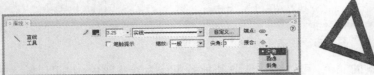

图 2-15　线条连接样式

● 尖角：控制尖角接合的清晰度，在其中输入的值越大，尖角越明显，清晰度越高。尖角值范围为 1～60。

 提示　使用选择工具，可以对线条进行修改，如图 2-16 所示。

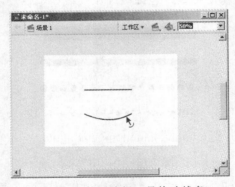

图 2-16　使用选择工具修改线条

2. 铅笔工具

铅笔工具主要用来绘制线条和图形，类似于现实生活中铅笔的使用方法。铅笔工具的使用方法为：单击工具箱中的"铅笔工具"按钮，在舞台中拖动鼠标，在线条结束的位置松开鼠标，即可创建线条，如图 2-17 所示。

图 2-17　铅笔工具

 提示　在使用铅笔工具时，按住 Shift 键可以将线条绘制成直线；铅笔工具相比线条工具，可以绘制出曲线。

铅笔工具具有 3 种模式：直线化、平滑和墨水，如图 2-18 所示。

图 2-18　铅笔工具模式

- 直线化：将所绘近似直线取直，并将接近三角形、椭圆、矩形和正方形的形状转换为这些常见的几何形状。
- 平滑：自动平滑曲线，达到平滑线条的作用。
- 墨水：鼠标所经过的实际轨迹。

3. 刷子工具

刷子工具能绘制出刷子般的笔触，可以创建一些特殊效果。刷子工具的使用方法为：单击工具箱中的"刷子工具"按钮，在舞台中拖动鼠标，在线条结束的位置松开鼠标，即可创建线条，如图 2-19 所示。

 提示　刷子工具相比铅笔工具，可以选择不同的刷子形状和大小，甚至可以对填充要求不高、非闭合的区域进行颜色的填充。刷子工具是以颜色填充的方式来绘制图形的。

刷子工具的辅助选项有：绘制对象、锁定填充、刷子模式、刷子大小、刷子形状，如图 2-20 所示。

图 2-19　刷子工具

图 2-20　刷子工具辅助选项

- 绘制对象：绘制出来的为对象而非位图。
- 锁定填充：可为多个对象使用一个渐变色，如图 2-21 所示。

锁定填充效果　　　　　　　　无锁定填充效果

图 2-21　锁定填充效果

- 刷子模式：可以选择不同的涂色模式，如图 2-22 所示。
  - 标准绘画：正常绘图模式，直接绘图方式，对任何区域都有效，如图 2-23 所示。
  - 颜料填充：只对填色区域有效，对线条不产生效果，如图 2-24 所示。
  - 后面绘画：对图形后面的空白区域有效，不影响原来的图形，如图 2-25 所示。
  - 颜料选择：对已经选中的颜色块有效，不影响选区以外的图形，如图 2-26 所示。

➢ 内部绘画：对鼠标按下时所在的颜色块有效，对其他色彩不影响，如图 2-27 所示。

图 2-22 刷子模式

图 2-23 标准绘画

图 2-24 颜料填充

图 2-25 后面绘画

图 2-26 颜料选择

图 2-27 内部绘画

● 刷子大小：可选择刷子的大小，如图 2-28 所示。
● 刷子形状：可选择刷子的形状，如图 2-29 所示。

不同刷子大小

选择刷子大小

图 2-28 刷子大小

图 2-29 刷子形状

4. 矩形工具和椭圆工具

（1）矩形工具：矩形工具用来绘制矩形。矩形工具的使用方法为：单击工具箱中的"矩

形工具"按钮，在舞台中拖动鼠标，在得到想要的矩形后松开鼠标。当按住 Shift 键绘制时为
正方形。可以在"颜色"面板中分别设置矩形的笔触颜色和填充颜色，如图 2-30 所示。

矩形工具的"属性"面板中有线条、颜色、样式、粗细等属性，与直线工具的设置和效
果类似，如图 2-31 所示。

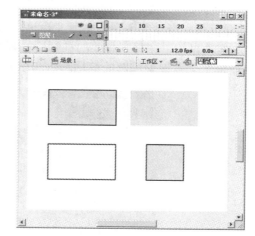

图 2-30　绘制矩形

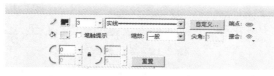

图 2-31　矩形工具的"属性"面板

可以为矩形设置边角的半径值，绘制出非直角样式的矩形，如图 2-32 所示。

图 2-32　多种边角半径的矩形

 矩形边角半径值可以设置为正数和负数，绘制效果如图 2-33 所示。

图 2-33　边角半径为负值的矩形

 单击"锁定"按钮，统一设置四个矩形边角半径的值，如图 2-34 所示。

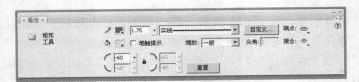

图 2-34　锁定半径值

（2）椭圆工具：椭圆工具用来绘制椭圆。椭圆工具的使用方法为：单击工具箱中的"椭圆工具"按钮，在舞台中拖动鼠标，在得到想要的椭圆后松开鼠标。当按住 Shift 键绘制时为正圆。可以在"颜色"面板中分别设置椭圆的笔触颜色和填充颜色，如图 2-35 所示。

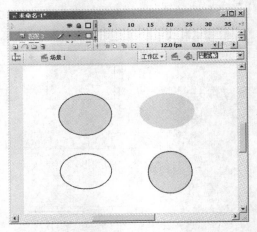

图 2-35　绘制椭圆

椭圆工具的"属性"面板中有线条、颜色、样式、粗细等属性，与直线工具的设置和效果类似，如图 2-36 所示。

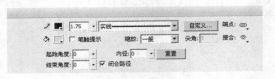

图 2-36　椭圆工具的"属性"面板

设置起始角度，可以将椭圆和圆修改为扇形、半圆和其他形状，如图 2-37 所示。

图 2-37　不同起始角度的椭圆

设置内径可以绘出圆环，如图 2-38 所示。

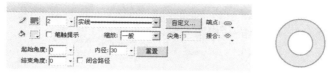

图 2-38　圆环

提示　取消"闭合路径"可以设置不闭合的椭圆，如图 2-39 所示。

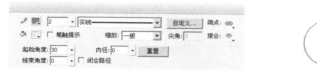

图 2-39　取消闭合路径的椭圆

5．基本矩形工具和基本椭圆工具

（1）基本矩形工具：单击工具箱中的"基本矩形工具"按钮，在舞台中拖动鼠标，在得到想要的矩形后松开鼠标，即可绘制基本矩形。再单击"选择工具"按钮，将鼠标指针移动到矩形的小圆点上，按住鼠标左键拖动，可以绘制出非直角样式的矩形，如图 2-40 所示。

图 2-40　基本矩形工具

提示　可以为基本矩形设置边角的半径值，绘制出非直角样式的矩形。

（2）基本椭圆工具：单击工具箱中的"基本椭圆工具"按钮，在舞台中拖动鼠标，在得到想要的椭圆后松开鼠标，即可绘制基本椭圆。再单击"选择工具"按钮，将鼠标指针移动到椭圆的小圆点上，按住鼠标左键拖动，可以绘制出扇形和圆环，如图 2-41 所示。

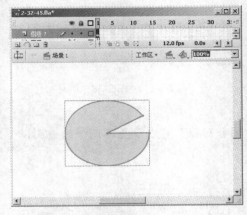

图 2-41　基本椭圆工具

 提示　可以为基本椭圆设置起始角度及内径，绘制出扇形、半圆和其他形状。

6.　多角星形工具

可以绘制多边形或者多角星形的图形。多角星形工具的使用方法为：单击工具箱中的"多角星形工具"按钮，在舞台中拖动鼠标，在得到想要的形状后松开鼠标，即可绘制多角星形，如图 2-42 所示。

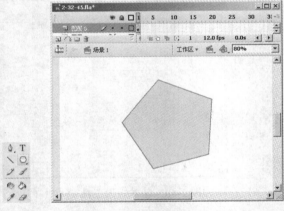

图 2-42　多角星形工具

多角星形工具的"属性"面板中有笔触颜色、笔触高度、笔触样式、端点、接合、笔触提示、缩放和填充颜色等属性，与直线工具的设置和效果类似，如图 2-43 所示。

图 2-43　多角星形工具的"属性"面板

在多角星形工具的"属性"面板中单击"选项"·按钮，可以打开"工具设置"对话框，设置多角星的样式和边数等参数，如图 2-44 所示。

图 2-44 选项设置

● 样式：可以设置多边形和星形两个选项，如图 2-45 所示。

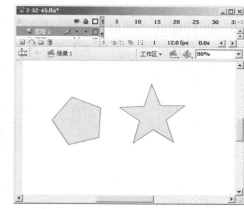

图 2-45 样式设置

● 边数：选择多角形的边数。
● 星形顶点大小：设置星形顶点的深度，如图 2-46 所示。

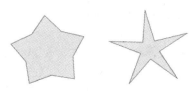

图 2-46 顶点大小为 0.8 和 0.3 的星形

提示　星形顶点大小的值不会影响多边形的形状。只对星形有效。

7. 钢笔工具

可以用绘制路径的方式创建线条和形状。钢笔工具的使用方法为：单击工具箱中的"钢笔工具"按钮，将钢笔工具定位在线段的起点，单击鼠标左键，定义第一个锚点，然后将钢笔工具定位在下一个锚点位置并单击鼠标左键。在使用钢笔工具绘制线段时，会出现很多控制点和曲率调节手柄，通过它们可以方便地进行曲率调整，画出各种形状的曲线。对钢笔工具绘制的线段可以进行编辑，主要使用添加锚点工具、删除锚点工具和转换锚点工具来进行编辑，如图 2-47 所示。

8. 墨水瓶工具和颜料桶工具

（1）墨水瓶工具：墨水瓶工具用来添加或修改图形边线的颜色和样式。墨水瓶工具的使用方法为：单击工具箱中的"墨水瓶工具"按钮，设置笔触颜色为所需的颜色和样式，然后将鼠标对准图形块，按下鼠标左键，完成对图形块边线的添加或修改，如图 2-48 所示。

图 2-47　钢笔工具

图 2-48　墨水瓶工具

（2）颜料桶工具：颜料桶工具用来对封闭的轮廓范围进行颜色填充或修改。颜料桶工具的使用方法为：单击工具箱中的"颜料桶工具"按钮，设置填充颜色为所需的颜色，然后将鼠标对准封闭的轮廓范围内部，按下鼠标左键，完成对图形块内部颜色的填充，如图 2-49 所示。

使用颜料桶工具对图形进行填色时，针对一些没有完全封闭的轮廓，可以设置许多种不同的填充模式，如图 2-50 所示。

图 2-50　颜料桶工具选项

图 2-49　颜料桶工具

- 不封闭空隙：填充完全封闭的区域，如图 2-51 所示。
- 封闭小空隙：填充开口较小的区域，如图 2-51 所示。
- 封闭中等空隙：填充开口一般的区域，如图 2-51 所示。
- 封闭大空隙：填充开口较大的区域，如图 2-51 所示。

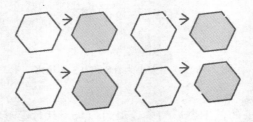

图 2-51　封闭不同大小空隙

9. 滴管工具

滴管工具用于在一个图形上吸取其填充颜色。滴管工具的使用方法为：单击工具箱中的"滴管工具"按钮，在需要吸取颜色的位置按下鼠标左键，取得所需的颜色后再做其他操作，如图 2-52 所示。

图 2-52　滴管工具

 提示　滴管工具在边框线上吸取颜色后，只能为边框填充颜色；在内部吸取颜色后，只能为内部填充颜色。

2.2.2　图形编辑工具

1．选择工具

选择工具主要用来对图形、文字等进行选择、移动及轮廓的修改。选择工具的使用方法为：单击工具箱中的"选择工具"按钮，对准需选取的对象单击鼠标左键，即可选中对象，如图 2-53 所示。

图 2-53　选择工具

 提示　在选中一个对象后，按住 Shift 键，再单击另外的对象，可以选中多个对象。

选择工具除了选取的功能外，还可以修改线条或图形的形状。单击"选择工具"按钮后，将光标移动到线条或图形的边缘，按住鼠标左键并拖动，即可修改线条或图形边缘的形状，如图 2-54 所示。

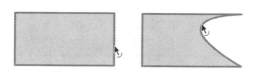

图 2-54　选择工具的修改功能

2. 部分选择工具

部分选择工具主要用来对路径上的控制点进行选取、拖曳、调整路径方向和删除节点等。部分选择工具的使用方法为：单击工具箱中的"部分选择工具"按钮，单击图形，图形会出现可编辑的节点，将鼠标移动到要编辑的节点上，按住鼠标左键拖动即可进行编辑，如图 2-55 所示。

图 2-55　部分选择工具

3. 任意变形工具

任意变形工具主要用来对图形进行旋转、缩放、扭曲及封套造型的编辑。任意变形工具的使用方法为：单击工具箱中的"任意变形工具"按钮，在属性选项区域中选择需要变形的方式，再选中舞台中的图形，可对其进行变形操作，如图 2-56 所示。

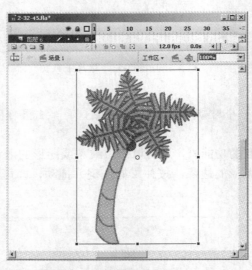

图 2-56　任意变形工具

任意变形工具的选项有旋转与倾斜、缩放、扭曲和封套等，如图 2-57 所示。

图 2-57 任意变形工具选项

- 旋转与倾斜：可以使选中的图像按任意角度旋转或沿水平、垂直方向倾斜变形，如图 2-58 所示。

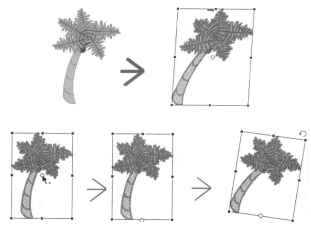

图 2-58 旋转与倾斜

- 缩放：可以使选中的图形沿水平、垂直方向等比例缩放大小，如图 2-59 所示。

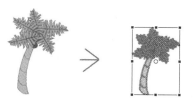

图 2-59 缩放

- 扭曲：可以拖动选中的图形上的节点，对绘制的图形进行扭曲变形，如图 2-60 所示。

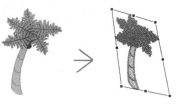

图 2-60 扭曲

- 封套：可以在所选图形的边框上设置封套的节点，用鼠标拖动封套节点及控制点，可以对图形进行形状的改变，如图 2-61 所示。

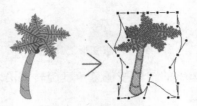

图 2-61　封套使用

 提示　只有被打散的对象才可以使用封套的功能。

4．渐变变形工具

渐变变形工具没有直接列在"工具箱"面板中，而是和任意变形工具组合在一起，默认情况下显示为任意变形工具。渐变变形工具主要用于对对象进行各种填充方式的颜色变形处理，如图 2-62 所示。渐变变形工具的使用方法为：单击工具箱中的"渐变变形工具"按钮，将鼠标移动到需要变形的图形上，单击渐变或位图填充区域，会显示不同功能的手柄，根据需要拖动手柄即可，如图 2-63 所示。

图 2-62　渐变变形工具

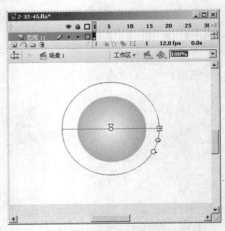

图 2-63　使用渐变变形工具

使用渐变变形工具时，具有不同功能的参数手柄，如图 2-64 所示。

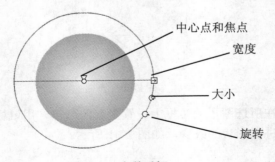

图 2-64　参数手柄

● 中心点：可设置和更改渐变或位图填充的中心点位置。将鼠标放到"中心点"手柄上，按住鼠标进行拖动，可以改变渐变的中心点位置，如图 2-65 所示。

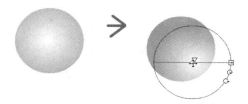

图 2-65　中心点设置

● 焦点：可设置和更改放射状渐变填充的焦点位置。将鼠标放到"焦点"手柄上，按住鼠标进行拖动，可以改变渐变填充的焦点位置，如图 2-66 所示。

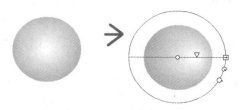

图 2-66　焦点设置

 提示　只有在选择了"放射性渐变"时才显示"焦点"手柄。

● 大小：可缩放渐变填充的范围。将鼠标放到"大小"手柄上，按住鼠标进行拖动，可以改变渐变填充大小，如图 2-67 所示。

图 2-67　大小设置

● 宽度：可调整渐变或位图填充的宽度。将鼠标放到"宽度"手柄上，按住鼠标进行拖动，可以改变渐变填充的宽度，如图 2-68 所示。

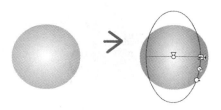

图 2-68　宽度设置

● 旋转：可旋转渐变或位图的填充。将鼠标放到"旋转"手柄上，按住鼠标进行拖动，可以对渐变填充进行旋转，如图 2-69 所示。

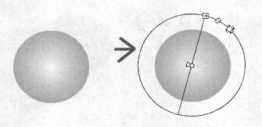

图 2-69　旋转设置

5．套索工具

套索工具主要用来选择图形区域和颜色区域，具有魔术棒、魔术棒设置和多边形模式等辅助工具。套索工具的使用方法为：单击工具箱中的"套索工具"按钮，在图形上按住鼠标左键并拖动画出需要的图形范围，再释放鼠标左键即可，如图 2-70 所示。

图 2-70　套索工具

 提示　按住 Alt 键可以绘制直线，单击线段的起点和终点即可。

套索工具有魔术棒、魔术棒设置和多边形模式等选项，如图 2-71 所示。

图 2-71　套索工具选项

● 魔术棒：可以选取相同颜色的区域，如图 2-72 所示。

图 2-72　魔术棒

提示 魔术棒只能用于选取分离后位图中的区域，不能用于其他图形中。

- 多边形模式：可以建立鼠标前后单击位置之间的直线连线，形成多边形区域，如图 2-73 所示。

图 2-73 多边形模式

6. 橡皮擦工具

橡皮擦工具主要用于擦除图形中多余的部分。橡皮擦工具的使用方法为：单击工具箱中的"橡皮擦工具"，将鼠标移动到要擦除的图形上，按住鼠标左键拖动即可，如图 2-74 所示。

图 2-74 橡皮工具

使用橡皮擦工具时，可以选择不同擦除模式和形状、大小，如图 2-75 所示。

图 2-75 擦除模式和形状

- 标准擦除：正常的擦除模式，对任何区域都有效。
- 擦除填色：对填充区域有效，对线条不产生影响。
- 擦除线条：对线条有效，对填充区域不产生影响。
- 擦除所选填充：对选中的填充区域有效，对图形中未选中区域不产生影响。
- 内部擦除：对鼠标按下时所在的颜色块有效，对其他色彩不产生影响。

2.3　文本工具

在 Flash CS3 中，文本工具主要用来创建不同类型的文本。文本工具的使用方法为：单击工具箱中的"文本工具"按钮，将鼠标移动到要创建文本的位置，单击鼠标左键，出现光标，输入文字即可，如图 2-76 所示。

图 2-76　文本工具

创建文本后，选中文本，通过"属性"面板对文本的字体、间距等进行修改设置，如图 2-77 所示。

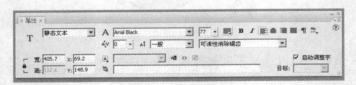

图 2-77　文本属性

2.3.1　文本类型

在 Flash 中，可以设置 3 种不同类型的文本，如图 2-78 所示。

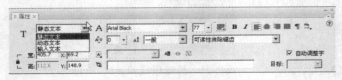

图 2-78　文本类型

- 静态文本：一般的文字，用于显示影片中的文本内容。
- 动态文本：动态显示文字内容的区域。
- 输入文本：可以输入到表单或调查表中的文本区域。

1. 静态文本

静态文本是指一般的文字，用于显示影片中的文本内容。

（1）字体样式。

● 字体：指定 swf 文件使用计算机上已安装的字体格式来显示文本，如图 2-79 所示。

图 2-79　字体

● 字体大小：设置字体的大小，可以拖动滑块来设置，如图 2-80 所示。

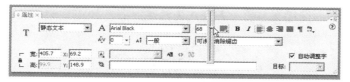

图 2-80　字体大小

● 文本颜色：设置文字的颜色。

● 粗体：设置文本为粗体样式。

● 斜体：设置文本为斜体样式。

（2）字体对齐与排列。

● 左对齐▤：设置文本的对齐方式为左对齐，如图 2-81 所示。

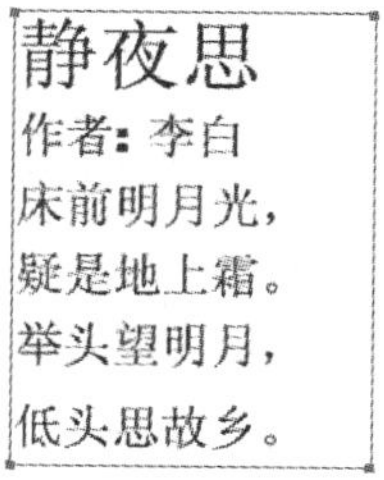

图 2-81　左对齐

● 居中对齐▤：设置文本的对齐方式为居中，如图 2-82 所示。

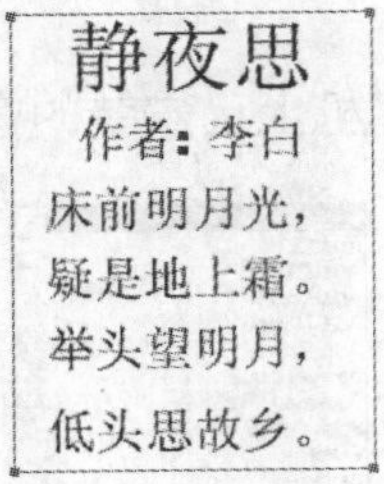

静夜思

作者：李白

床前明月光，

疑是地上霜。

举头望明月，

低头思故乡。

图 2-82　居中对齐

- 右对齐▤：设置文本的对齐方式为右对齐，如图 2-83 所示。

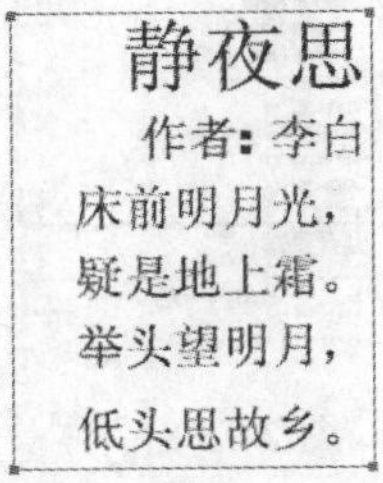

静夜思

作者：李白

床前明月光，

疑是地上霜。

举头望明月，

低头思故乡。

图 2-83　右对齐

- 两端对齐▤：设置文本的对齐方式为两端对齐，如图 2-84 所示。

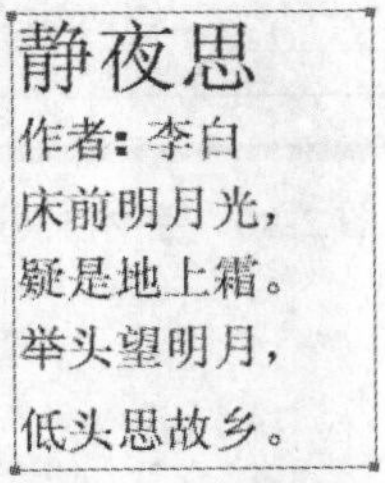

静夜思

作者：李白

床前明月光，

疑是地上霜。

举头望明月，

低头思故乡。

图 2-84　两端对齐

- 编辑格式▤：可以打开"格式选项"对话框，对多行文本的行距、缩进和边距进行设置，如图 2-85 所示。

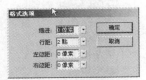

图 2-85　编辑格式

- 改变文字方向▤：设置文本的方向，包括"水平"、"垂直，从左向右"和"垂直，从右向左" 3 种方式，如图 2-86 所示。

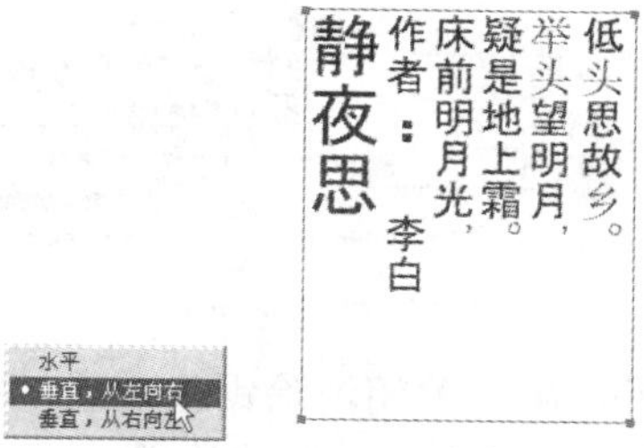

图 2-86　垂直，从左向右

- 旋转 ⊃：顺时针 90° 旋转文字，只有在将文本方向设置为"垂直，从左向右"或"垂直，从右向左"方式时才有效，如图 2-87 所示。

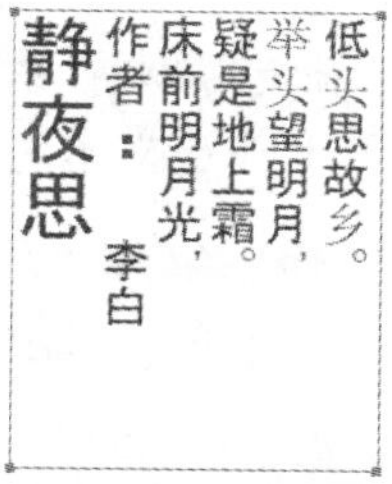

图 2-87　旋转

- 字母间距 ᴬⱽ：设置字与字之间的距离，如图 2-88 所示。

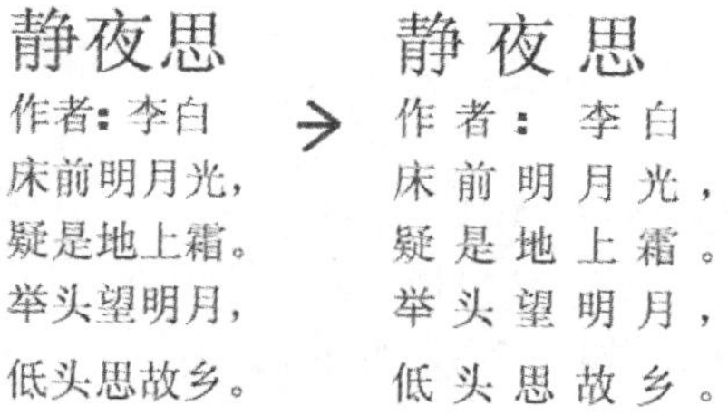

图 2-88　字母间距为 8 的效果

- 字符位置 Aᶻ：设置字符的位置，比如上标和下标，在数学公式中常用到此功能，如图 2-89 所示。

$$A^2+B^2=C$$

图 2-89　字符位置

（3）字体呈现方式，如图 2-90 所示。

- 使用设备字体：指定 swf 文件使用本地计算机上已安装的字体来显示文本。在使用设备字体时，最好选择使用通常都安装的字体，因为 swf 文件会强制使用用户计算机上字体来显示文本。

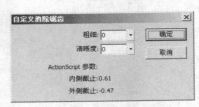

图 2-90　字体呈现方式

- 位图文本（未消除锯齿）：用于关闭消除锯齿功能，不对文本进行平滑处理。当按原始比例播放动画时，文字显示清晰，但缩放播放的话，文本显示效果比较差。
- 动画消除锯齿：可以对文本进行平滑处理，缩放播放后文本显示效果较好。
- 可读性消除锯齿：使用新的消除锯齿引擎，有更好的文本平滑处理效果。但会增加 swf 文件的大小。
- 自定义消除锯齿：打开"自定义消除锯齿"对话框，可设置"粗细"和"清晰度"两项来消除锯齿。"粗细"用于确定字体消除锯齿转变显示的粗细，较大的值可以使文字看上去较粗；"清晰度"用于确定文本边缘平滑度，如图 2-91 所示。

图 2-91　自定义消除锯齿

（4）其他设置。
- 宽/高：设置文本的宽度和高度。

提示　静态文本时，无法调整高度。

- X/Y：设置文本的坐标，如图 2-92 所示。

图 2-92　文本宽/高和 X/Y

- URL 链接：设置文本的链接地址。
- 目标：设置对象在浏览器上打开的方式。
- 自动调整字距：自动调整文本中的字符距离。

2．动态文本

动态文本用于动态显示文本内容，常用来互动显示文本，如图 2-93 所示。

- 实例名称：设置动态文本的实例名称。
- 线条类型：设置多行文本的类型，包括单行、多行和多行不换行 3 个选项。

图 2-93　动态文本

- 可选：设置用户可以选择影片中的静态文本或动态文本。
- 将文本呈现为 HTML：用 HTML 代码的访问呈现文本内容。
- 在文本周围显示边框：为文本内容添加边框线。
- 变量：为动态文本设置变量。
- 链接：为动态文本添加链接。
- 目标：选择链接窗口的打开方式。

3．输入文本

输入文本是在运行时可以输入文本的区域，用于获取用户信息等，如图 2-94 所示。

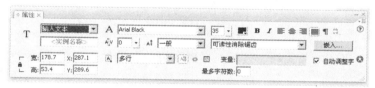

图 2-94　输入文本

输入文本的属性与动态文本的属性基本相同。其中的"最多字符数"项，用于设置在输入文本范围中最多可以输入的字符数。

2.3.2　文本分离

文本创建后是单独的对象，如果需要把文本当做图形来使用，以使文本具有更多的变换效果，这时需要对文本进行分离。文本分离的方法为：选中需要分离的文本，选择"修改>分离"命令，将文本分离为图形。文本被分离后，将变成一个个独立的图形，使用工具可以对它们进行编辑操作，如图 2-95 所示。

flash cs3

图 2-95　打散文字

打散后的文字，可以对其进行选取、填充渐变色、描边或形状调整，如图 2-96 所示。

flash flash flash

图 2-96　打散文字操作

提示 文本分离快捷键为 Ctrl+B。第一次分离成单个的文本，继续分离成散的对象。

 提示 在使用特殊的字体时，最好将文本分离为位图，因为即使在用户系统中没有安装该字体，也可以正常显示文本内容。但不能再修改文字的某些属性。

2.3.3 文本滤镜

在 Flash 中，可以对文本进行滤镜操作，这样可以使文本增加各种效果。可以设置文本的斜角、投影、发光、模糊、渐变发光、渐变模糊等效果。文本滤镜的设置方法为：选中要设置滤镜的文本，选择"滤镜"面板，单击"添加滤镜"按钮，选择要使用的滤镜效果，如图 2-97 所示。

图 2-97 "滤镜"面板

1. 投影

投影滤镜用于设置对象的投影效果。投影滤镜的参数如图 2-98 所示。

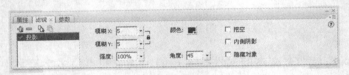

图 2-98 投影滤镜参数

- 模糊 X、模糊 Y：设置投影的宽度和高度。
- 距离：设置投影与文本的距离。
- 颜色：设置投影的颜色。
- 强度：设置投影的暗度。数值越大，阴影越暗。
- 角度：设置投影的角度。
- 挖空：设置文本挖空，只有投影效果。
- 内侧阴影：设置文本边界内有投影。
- 隐藏对象：设置隐藏文本，只显示投影。
- 品质：设置投影的质量级别。

不同的投影效果如图 2-99 所示。

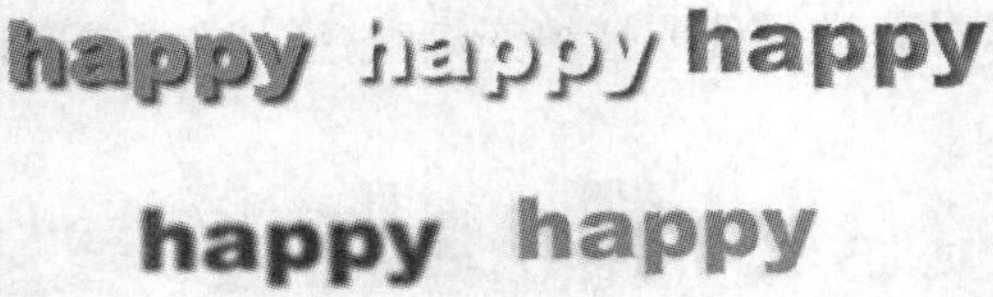

图 2-99 不同的投影效果

2．模糊

模糊滤镜用于设置文本的边缘模糊效果。模糊滤镜参数如图 2-100 所示。

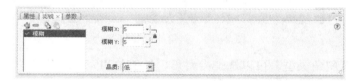

图 2-100　模糊滤镜参数

- 模糊 X、模糊 Y：设置模糊的宽度和高度。
- 品质：设置模糊的质量级别。

不同的模糊效果如图 2-101 所示。

图 2-101　不同模糊效果

3．发光

发光滤镜用于设置文本整个边缘的颜色。发光滤镜参数如图 2-102 所示。

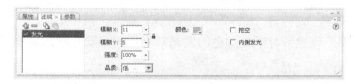

图 2-102　发光滤镜参数

- 模糊 X、模糊 Y：设置发光的宽度和高度。
- 颜色：设置发光的颜色。
- 强度：设置发光的清晰度。
- 挖空：设置文本挖空，只有发光效果。
- 内侧阴影：设置文本边界内有发光。
- 品质：设置投影的质量级别。

不同的发光效果如图 2-103 所示。

图 2-103　不同发光效果

4．斜角

斜角滤镜用于设置文本加亮效果，使其看起来凸出于背景表面。可以创建内斜角、外斜角和完全斜角效果。斜角滤镜参数如图 2-104 所示。

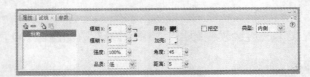

图 2-104　斜角滤镜参数

- 类型：设置斜角类型。可以选择内斜角、外斜角和完全斜角。
- 模糊 X、模糊 Y：设置斜角的宽度和高度。
- 阴影、加亮：设置斜角的阴影和加亮的颜色。
- 强度：设置斜角的不透明度。
- 角度：设置斜角阴影的角度。
- 距离：设置斜角的宽度。
- 挖空：设置文本挖空，只有斜角效果。
- 品质：设置投影的质量级别。

不同的斜角效果如图 2-105 所示。

happy happy **happy**

图 2-105　不同斜角效果

5. 渐变发光

渐变发光滤镜用于设置带有渐变颜色的发光效果。渐变发光滤镜参数如图 2-106 所示。

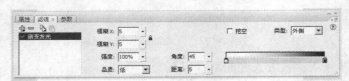

图 2-106　渐变发光滤镜参数

- 类型：设置渐变发光类型。可以选择内侧、外侧和整个。
- 模糊 X、模糊 Y：设置发光的宽度和高度。
- 强度：设置发光的不透明度。
- 角度：设置发光投下的阴影的角度。
- 距离：设置文本与阴影的距离。
- 挖空：设置文本挖空，只有渐变发光效果。
- 指定发光的渐变颜色：设置渐变颜色。
- 品质：设置渐变发光的质量级别。

不同的渐变发光效果如图 2-107 所示。

happy happy **happy**

图 2-107　不同渐变发光效果

6. 渐变斜角

渐变斜角滤镜用于设置文本背景凸起效果，并且斜角表面有渐变颜色。渐变斜角滤镜参数如图 2-108 所示。

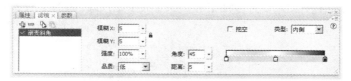

图 2-108   渐变斜角滤镜参数

- 类型：设置渐变斜角类型。可以选择内侧、外侧和整个。
- 模糊 X、模糊 Y：设置渐变斜角的宽度和高度。
- 强度：设置渐变斜角的平滑度。
- 角度：设置光源的角度。
- 距离：设置渐变斜角的宽度。
- 挖空：设置文本挖空，只有渐变斜角效果。
- 指定渐变斜角的渐变颜色：设置渐变斜角的渐变颜色。
- 品质：设置渐变斜角的质量级别。

不同的渐变斜角效果如图 2-109 所示。

happy happy happy

图 2-109   不同渐变斜角效果

7. 调整颜色

调整颜色滤镜用于设置文本的亮度、对比度、色相饱和度等参数，如图 2-110 所示。

图 2-110   调整颜色滤镜参数

- 亮度：设置文本的亮度。
- 对比度：设置文本的对比度。
- 饱和度：设置文本的饱和度。
- 色相：设置文本的色相。

不同的调整颜色效果如图 2-111 所示。

happy happy happy

图 2-111   不同的调整颜色效果

2.4　综合应用——绘制图形

下面的实例将使用前面所学的各种工具，来绘制出图形，如图 2-112 所示。

图 2-112　卡通小马

步骤 1：使用铅笔工具绘制小马的轮廓，如图 2-113 所示。

步骤 2：使用铅笔工具绘制小马的其他轮廓线，可以使用选择工具修改线条，如图 2-114 所示。

图 2-113　绘制轮廓

图 2-114　绘制轮廓

步骤 3：继续使用铅笔工具和选择工具绘制小马的其他线条，如图 2-115 所示。

步骤 4：绘制小马的尾巴。卡通图形可以加上自己的想象和夸张，不必按写实风格那样按照物体的本来形状来画，如图 2-116 所示。

图 2-115　绘制轮廓

图 2-116　绘制尾巴

步骤 5：继续绘制小马的其他部分，如图 2-117 所示。

步骤 6：使用颜料桶工具，选择填充颜色为 "#FAECAB"，填充小马的身体，如图 2-118 所示。

图 2-117　绘制其他部分

图 2-118　填充身体颜色

步骤 7：使用颜料桶工具，选择填充颜色为 "#333333"，填充小马的蹄，如图 2-119 所示。

步骤 8：使用颜料桶工具，选择填充颜色为 "#99D286"，填充小马的其他部分，如图 2-120 所示。

图 2-119　填充马蹄颜色

图 2-120　填充其他部分颜色

步骤 9：使用铅笔工具绘制小马明暗面的分隔线条，主要使用与小马颜色对比较强的颜色，如图 2-121 所示。

图 2-121　明暗面分隔线

步骤 10：使用颜料桶工具填充小马的暗面颜色，并删除辅助线，小马绘制完成，如图 2-122 所示。

图 2-122　填充暗面颜色

本章小结

本章主要介绍 Flash 工作环境的设置、绘图图形工具、编辑图形工具的使用技巧、文本工具的使用等，并在本章的最后运用绘图工具绘制出矢量图形，灵活地运用了 Flash 的绘图工具和技巧。本章介绍的 Flash 中的绘图技巧，是创作优秀动画的基本条件之一。

习题

简答题

1．文本分离的快捷键是什么？在什么情况下对文本进行分离？

2．Flash 中可以设置哪几种不同类型的文本，各有什么特点？

单选题

1．（　　）就是将选中的图形对象按比例放大或缩小，也可在水平方向或垂直方向分别放大或缩小。

　　A．缩放对象　　　　B．水平翻转　　　　C．垂直翻转　　　　D．任意变形工具

2．要使用部分选择工具时，可按快捷键（　　）。

　　A．A　　　　　　　B．B　　　　　　　C．C　　　　　　　D．D

3．在绘制图形的时候，要删除相连相同的颜色可以使用（　　）。

　　A．套索工具　　　　B．魔术棒工具　　C．橡皮擦工具　　　　D．颜料桶工具

4．重做的快捷键是（　　）。

　　A．Ctrl+Z　　　　　B．Ctrl+Y　　　　C．Ctrl+Alt+Z　　　　D．Ctrl+Shift+Z

5．绘制的线条最宽为 10 像素，最窄为（　　）像素。

　　A．0.01　　　　　　B．0.1　　　　　　C．0.25　　　　　　　D．2

6．把视图的显示比例改为 100% 的快捷键为（　　）。

　　A．Ctrl+1　　　　　B．Ctrl+2　　　　C．Ctrl+3　　　　　　D．Ctrl+4

多选题

1. 铅笔工具选项中包括（　　）几种。
   A. 伸直　　　　　　B. 平滑　　　　　C. 墨水　　　　　D. 颜色
2. 填充工具包括（　　）。
   A. 纯色　　　　　　B. 线性　　　　　C. 放射状　　　　D. 位图
3. 在"混色器"面板中可选择的色彩模式有（　　）。
   A. RGB　　　　　　B. CMYK　　　　　C. HSB　　　　　D. LAB
4. 橡皮擦工具形状包括（　　）。
   A. 星形　　　　　　B. 正方形　　　　C. 长方形　　　　D. 圆形

判断题

1. 如果要将视图放大，可以按快捷键 Ctrl+-；如果要将视图缩小，可按快捷键 Ctrl+=。
   （　　）

2. 魔术棒工具用于在编辑区中选择相似颜色的填充色（仅对打散的位图起作用）。
   （　　）

3. 用套索工具拖曳出的线条不一定要封闭，当释放鼠标左键时，Flash 会自动以直线连接首尾，使之封闭起来。
   （　　）

第 3 章 元件和库

内容要点

✖ 重点：元件的创建与使用
    库操作
✖ 难点：外部文件导入

学习目标

✖ 掌握元件的创建与使用
✖ 掌握库的操作方法
✖ 了解外部文件的导入

3.1 元件

元件是 Flash 中比较特殊的对象。在 Flash 中创建一次，然后可以在整个动画中反复使用，并且不会明显增加文件的大小。用户还可以在多个 Flash 影片中，将元件进行共享，达到资源共享和提高制作效率的目的。

3.1.1 元件类型

元件包括 3 种类型：图形元件、按钮元件和影片剪辑元件。每种元件类型都有其各自的时间轴、舞台及图层，如图 3-1 所示。

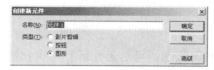

图 3-1 元件类型

- 图形元件：可以创建需多次使用的静态图形，并可用来创建连接到主时间轴的可重复使用的动画片段。
- 按钮元件：可以创建用于响应鼠标单击、滑过或其他动作的交互式按钮。
- 影片剪辑：可以创建可重用的动画片段。影片剪辑拥有各自独立于主时间轴的多帧时间轴。可以将多帧时间轴看做是嵌套在主时间轴内，它们可以包含交互式控件、声音甚至其他影片剪辑实例。

3.1.2 元件和元件实例的概念

使用元件时，只要将库中的元件拖动到舞台上即可。此时存在于舞台上的元件就是元件实例。可以理解为元件实例是被实例化了的元件，是指位于舞台上或嵌套在另一个元件内的元件副本。在 Flash 影片中使用元件，可以减小生成文件的大小，因为不管影片中使用了多少个元件的实例，在影片中只保存元件，如图 3-2 所示。

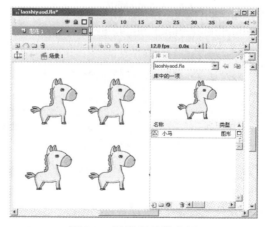

图 3-2 元件和元件实例

元件实例是元件的复件，元件发生变化时，作为复件的所有元件实例都会发生变化。但元件实例发生的变化不会影响到元件，变化只会发生在相应的元件实例上。

3.1.3 元件创建

1. 新建元件

选择"插入>新建元件"命令，在弹出的"创建新元件"对话框中设置元件的类型，并给元件命名，如图 3-3 所示。

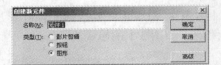

图 3-3 新建元件

确定后，自动进入元件编辑状态，可对元件进行编辑和修改，如图 3-4 所示。

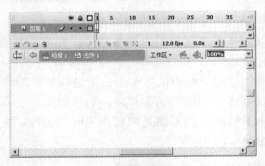

图 3-4 元件编辑状态

2. 转换为元件

选中所绘制的对象，选择"修改>转换为元件"命令，在弹出的"转换为元件"对话框中设置元件的类型，并给元件命名，如图 3-5 所示。

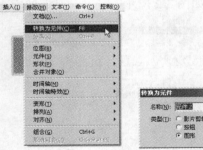

图 3-5 转换为元件

确定后，该对象转换为元件。如需对该元件进行修改，双击元件进入编辑状态，如图 3-6 所示。

一个普通的对象转化为元件后，将会被存放在库中，如图 3-7 所示。

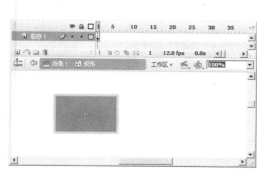

图 3-6 修改元件

图 3-7 库

 提示 选择对象后，按快捷键 F8 也可打开"转换为元件"对话框。

3.1.4 元件的修改和编辑

元件的修改和编辑将会影响到元件实例，但实例的修改和编辑将不会影响到元件，通过实例可以清楚地了解元件和元件实例。

实例 3.1 元件和元件实例的修改和编辑

步骤 1：打开在第 2 章绘制的"小马"图形，如图 3-8 所示。

图 3-8 打开文件

步骤 2：选中图形，按快捷键 F8 打开"转换为元件"对话框。命名为"小马"，并定义为"图形"元件，如图 3-9 所示。

图 3-9 定义图形元件

步骤 3：按快捷键 Ctrl+L 打开"库"面板，将在库中看到"小马"图形元件。将元件拖动到舞台中，将元件实例化，如图 3-10 所示。

图 3-10　元件实例化

步骤 4：重复步骤 3，如图 3-11 所示。

图 3-11　元件实例化

步骤 5：选择任意变形工具，缩小添加的元件实例大小，可以发现其他元件实例没有发生变化，如图 3-12 所示。

步骤 6：选中另一个元件实例，单击"属性"面板中的"颜色"列表，选择 Alpha，如图 3-13 所示。

步骤 7：将 Alpha 值设置为 30%，按下 Enter 键，该元件实例变透明了，如图 3-14 所示。

提示　选中元件后，如果"属性"面板中没有出现"颜色"列表，是因为选中了帧，因此出现的是帧的相关选项。用选择工具再次单击选中元件实例后，就会出现与元件实例相关的选项。

图 3-12 实例缩小图

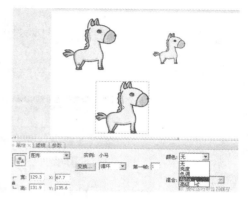

图 3-13 实例 Alpha 值设置

图 3-14 Alpha 值设置为 30%

 提示 只有将对象注册为元件后，才可以设置不透明度、亮度和颜色。

步骤 8：双击舞台中的第三个元件实例，进入元件编辑状态，如图 3-15 所示。

图 3-15 元件编辑

提示 单击库中的元件，也可以进入元件编辑状态。

步骤 9：选中颜料桶工具，将小马的颜色修改为其他颜色，如图 3-16 所示。

图 3-16　填充元件颜色

步骤 10：单击操作栏中的"场景 1"按钮，从"小马"元件编辑状态回到主场景，可以发现其他元件实例都被修改了颜色。修改元件后，所有实例都将受到影响，如图 3-17 所示。

图 3-17　元件修改后实例变化

步骤 11：将文件另存为"实例 3.2.fla"。

3.2　库

库是保存和管理构成 Flash 影片的所有元件、音频和视频的地方，可以通过选择"窗口>库"命令来打开"库"面板，如图 3-18 所示。

 提示 使用快捷键 Ctrl+L 也可打开"库"面板。

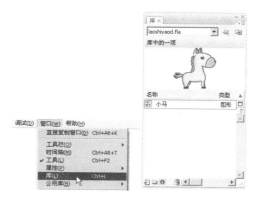

图 3-18　库

- 下拉菜单：设置与库有关的菜单。
- 预览窗口：可以预览元件的效果。
- 新建元件：用于新建元件。
- 新建文件夹：用于新建存放元件的文件夹。
- 属性：单击弹出"元件属性"对话框，可以对选定的元件进行属性修改，如图 3-19 所示。

图 3-19　元件属性

- 删除：可以删除选定的元件。
- 宽/窄库视图：在宽视图和窄视图之间进行切换。

3.2.1　库内元件的管理

对库内元件的操作和管理，通过实例 3.2 来讲解。

实例 3.2　库内元件的管理

步骤 1：打开"实例 3.2.fla"文件，双击库中的"小马"文字，进入可以输入文字的状态，修改元件名字为"马驹"，如图 3-20 所示。

步骤 2：单击"新建文件夹"按钮，在库中增加了一个文件夹，如图 3-21 所示。

步骤 3：修改文件夹的名字为"角色"，如图 3-22 所示。

步骤 4：将"马驹"元件拖动到"角色"文件夹，如图 3-23 所示。

图 3-20　修改元件名

图 3-21　新建文件夹

图 3-22　修改文件夹名

图 3-23　存放元件

 用文件夹来管理元件，方便对元件的管理和分类。

步骤 5：选择"文件>导入>打开外部库"命令，弹出"作为库打开"对话框，如图 3-24 所示。

图 3-24　导入外部库

步骤6：选择已保存的某个 fla 文件，出现外部文件的库，将需要的元件拖动到库中，如图 3-25 所示。

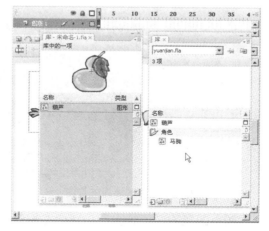

图 3-25　外部库元件应用

3.2.2　外部文件导入

1．导入位图

Flash 可以使用其他应用程序创建的图像，并且可以导入各种文件格式的矢量图和位图。当导入位图时，可以应用压缩和消除锯齿功能，将位图直接放置在文件中，使用位图作为填充，在外部编辑器中编辑位图，将位图分离为像素或转换为矢量图。

选择"文件>导入>导入到舞台"命令，在弹出的"导入"对话框中，打开素材文件夹第 3 章中的"image.jpg"，如图 3-26 所示。

图 3-26　导入文件到舞台

位图导入后，选择"修改>位图>转换位图为矢量图"命令，打开"转换位图为矢量图"对话框，可以将位图矢量化，如图 3-27 所示。

图 3-27 位图转换为矢量图

- 颜色阈值：设置识别颜色的能力。值越大，识别能力越弱。
- 最小区域：设置在指定像素颜色时要考虑的周围像素的数量。
- 曲线拟合：设置曲线的弧度。
- 角阈值：设置棱角平滑程度。

2. 导入音频

Flash 可以使用其他应用程序创建的音频。可以分为两种类型：事件和数据流。事件是在声音全部下载后再进行播放，与影片长短无关。数据流是在网页上播放影片时，实时下载音频，声音和动画同步。

选择"文件>导入>导入到库"命令，在弹出的"导入"对话框中，找到并选中需导入的文件，单击"打开"按钮即可，如图 3-28 所示。

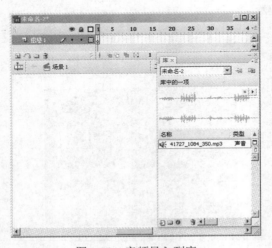

图 3-28 音频导入到库

需要将库中的声音实例化，先选定需要添加声音的帧，在"库"面板中选择需要的声音并拖曳到舞台中即可。选中该帧，可以在"属性"面板中设置音频属性，如图 3-29 所示。

- 无：不添加任何效果。将以前添加的效果全部取消，只播放最初的音乐。

图 3-29　音频属性

- 左声道：只在左声道中播放声音。
- 右声道：只在右声道中播放声音。
- 从左到右淡出：从左声道向右声道切换的同时，声音变大。
- 从右到左淡出：从右声道向左声道切换的同时，声音变大。
- 淡入：播放过程中声音逐渐变大。
- 淡出：播放过程中声音逐渐变小。
- 自定义：利用音量调节箱直接对音频的音量进行设置。
- 事件：在声音全部下载后再进行播放，与影片长短无关。
- 开始：与事件基本相同，不同的就是即使影片反复播放，声音也不会重叠在一起。
- 停止：终止音频。
- 数据流：在网页上播放影片时，实时下载音频，声音和动画同步。
- 编辑：打开调节音频音量的对话框。
- 重复：设置重复播放的次数。
- 循环：持续循环播放。

3.3　图层和时间轴

3.3.1　图层相关操作

在第 1 章已经介绍了图层的基本概念，使不同的对象位于不同的图层，更方便制作动画。制作一个完整的动画影片，往往会建立很多的图层。实例 3.3 是对图层相关操作的练习。

实例 3.3　图层相关操作

步骤 1：图层的添加与删除。

（1）打开素材文件夹第 3 章中的"实例 3.3.fla"文件，单击"插入图层"按钮，如图 3-30 所示。

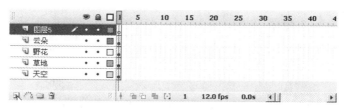

图 3-30　插入图层

提示 新建图层会按顺序自动命名为图层 1、图层 2、图层 3……。在图层很多的情况下，将不方便管理图层和图层上的对象，因此最好是将图层名称更改，养成规范操作的好习惯。

（2）单击该图层，按住鼠标左键不放，拖动鼠标，将新建图层向下移动，如图 3-31 所示。

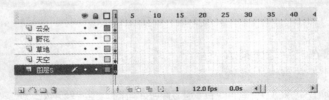

图 3-31 移动图层

 提示 拖动时会出现一条粗线，粗线的位置就是该图层放置的位置。

（3）单击选中新建图层，单击"删除图层"按钮，如图 3-32 所示。

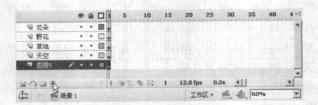

图 3-32 删除图层

步骤 2：图层隐藏、锁定和显示轮廓。

（1）单击"显示/隐藏所有图层"按钮，可以将所有图层隐藏。再选定需要显示的"草地"图层，单击"显示/隐藏所有图层"按钮，可以显示所选图层的内容，如图 3-33 所示。

图 3-33 显示/隐藏所有图层

提示 隐藏不需操作的图层，可以避免在操作过程中选错操作对象。

（2）单击"野花"图层的"锁定图层"按钮，"野花"层上出现了锁状图标，利用选择工具单击"野花"层上的对象，将不能被选中，也不能被修改，如图 3-34 所示。

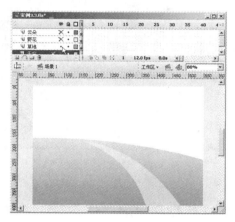

图 3-34　锁定图层

 提示 锁定图层是为了防止不需要选中或修改的图层对象被不小心选中或修改。可以单击"锁定/解除锁定所有图层"按钮，将全部图层锁定。

（3）单击"云朵"层的"只显示轮廓"按钮，如图 3-35 所示。

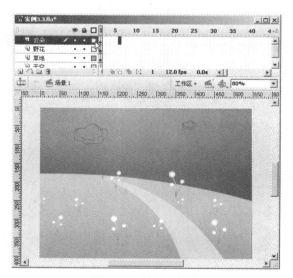

图 3-35　只显示轮廓

"云朵"层上的对象只显示出轮廓来。而且轮廓的颜色与前面图标的颜色一致。可以通过右击图层，在弹出的快捷菜单中选择"属性"命令，弹出"图层属性"对话框，修改轮廓的颜色，如图 3-36 所示。

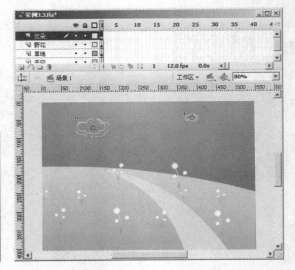

图 3-36　修改轮廓颜色

提示　只显示轮廓功能在确定位置或进行精密操作时非常有用。

步骤 3：选择多个图层。

（1）单击最上面的图层后，按住 Shift 键不放，再单击最下面的图层，所有图层被选定，所有图层内的对象也被全部选中，如图 3-37 所示。

（2）单击需要选中的图层，按住 Ctrl 键不放，再单击需要加选的图层，可以选中多个不连续的图层，被选中的图层中的对象同时被选中，如图 3-38 所示。

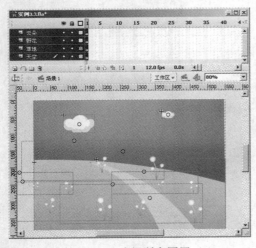

图 3-37　选择所有图层

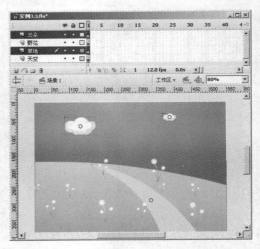

图 3-38　选择多个图层

3.3.2　时间轴相关操作

时间轴是实际制作动画的场所，用于组织和控制按时间的推进来显示不同的播放内容。

在时间轴上，Flash 影片将时长细分为帧，在不同的帧播放不同的影像而形成动画。时间轴的作用就是对层和帧进行组合和管理，从而控制影片按时间轴上帧的顺序正常播放。时间轴如图 3-39 所示。

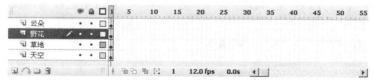

图 3-39　时间轴

- 帧：形成时间轴的最小单位。
- 帧编号：用于显示帧的编号。
- 播放头：舞台上当前显示的帧的位置。
- 绘图纸外观：可以同时显示多帧中的对象。
- 绘图纸外观轮廓：可以同时显示多种对象的轮廓。
- 编辑多个对象：可以一次编辑多个帧。
- 修改绘图纸标记：可以改变绘图纸的状态和设置。
- 当前帧：当前正在操作的帧。
- 帧频率：显示每秒播放的帧数。
- 运行时间：显示到当前帧为止的运行时间。
- 时间轴显示方式：单击下拉菜单，可以弹出显示方式的菜单项。

本章小结

本章主要介绍了元件的创建和使用方法、库的管理和使用、图层和时间轴的相关概念和操作等。本章中的内容都是创建动画的基本要素，需要理解和熟练掌握。

习题

简答题

1. 元件包括哪几种类型？
2. "事件"声音与"数据流"声音有什么区别？

单选题

1. 下列选项中，不能做交互的是（　　）。
   - A．图形元件
   - B．包含影片剪辑的图形元件
   - C．按钮
   - D．影片剪辑
2. 下列图片格式中，不能被导到 Flash 中的是（　　）。
   - A．PNG
   - B．MP
   - C．TG
   - D．PXR

3．"导入到舞台"命令的快捷键是（　　）。

  A．Ctrl+T   B．Ctrl+Q   C．Ctrl+R   D．Ctrl+G

4．下列选项中，对事件声音叙述正确的是（　　）。

  A．必须完全下载后才能开始播放 B．同样的素材用它导入，压缩比小

  C．不能够进行音频编辑   D．和时间轴同步

5．在 Flash 中，每秒显示的动画帧数叫（　　）。

  A．帧频   B．帧率   C．帧/秒   D．帧时

多选题

1．下列选项中，对图层控制按钮的功能叙述正确的是（　　）。

  A．显示/隐藏所有图层   B．锁定/解除锁定所有图层

  C．显示所有图层轮廓   D．打开/关闭洋葱皮显示

2．元件的类型包括（　　）。

  A．按钮   B．文本   C．影片剪辑   D．图形

3．在时间轴上，可以对帧或关键帧进行哪些修改？（　　）

  A．插入、选择、删除和移动帧或关键帧

  B．将帧和关键帧拖到同一图层中的不同位置，或是拖到不同的图层中

  C．复制和粘贴帧和关键帧

  D．将关键帧转换为帧

4．下列选项中，对数据流的属性叙述正确的是（　　）。

  A．强制动画和音乐同步   B．随着 swf 文件的停止而停止

  C．便于在站点上播放   D．Flash 强制动画和数据流同步

判断题

1．Flash 在导入视频时可以对视频进行简单的剪裁。（　　）

2．被分离后的位图与 Flash 软件里绘制的矢量图没有区别。（　　）

第 4 章　Flash 中的简单动画

内容要点

✖ 重点：补间动画

　　　　遮罩动画

　　　　引导线动画

　　　　逐帧动画

✖ 难点：遮罩动画

　　　　引导线动画

学习目标

✖ 掌握 Flash 基本动画的使用

✖ 掌握 Flash 制作简单动画技巧

Flash 动画的分类一直有不同的说法，比较一般的分法是把 Flash 动画分为 5 种类型：补间动画、形状动画、引导线动画、遮罩动画和逐帧动画。本章主要以实例的方式介绍这 5 种动画类型。

4.1 动画补间

Flash 特征之一是补间手法。补间就是在第一帧和最后一帧之间制作中间动作时，会自动产生中间过程的动画手法。这样可以有效地产生动画效果，并能尽量减小文件的大小。因为在补间动画中，只保存帧中不同的数据。Flash 补间手法有动画补间和形状补间两种。

动画补间主要在制作位移、缩放、旋转等动画时使用；形状补间主要在制作形状变化动画时使用。

提示 动画补间关键帧内的对象必须是元件或组合对象；形状补间关键帧内的对象必须是分离对象（打散对象）。

实例 4.1 补间动画（移动和缩放）

主要技术：动画补间、元件创建、图层的运用、库的使用

步骤 1：绘制靶。先用椭圆工具和直线工具绘制出靶的轮廓，再填充颜色，并将图层命名为"背景"，如图 4-1 所示。

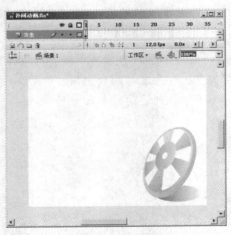

图 4-1 绘制靶

步骤 2：为了使动画一直显示背景，选择"背景"层的第 10 帧，单击鼠标右键，选择"插入帧"命令，如图 4-2 所示。

提示 "插入帧"命令的快捷键是 F5。

步骤 3：锁定"背景"图层，单击"插入图层"按钮，创建"箭"图层，如图 4-3 所示。

步骤 4：在"箭"图层的第 1 帧绘制箭。先用直线工具或钢笔工具绘制出箭的轮廓，再填充颜色，如图 4-4 所示。

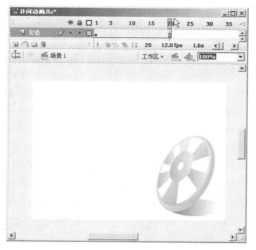

图 4-2 插入帧

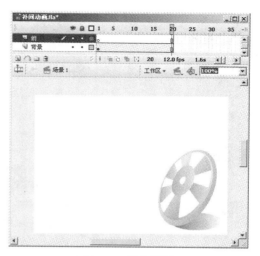

图 4-3 新建图层

步骤 5：选择箭后按 F8 键，弹出"转换为元件"对话框，输入名称"黄色的箭"，并选择"图形"类型，如图 4-5 所示。

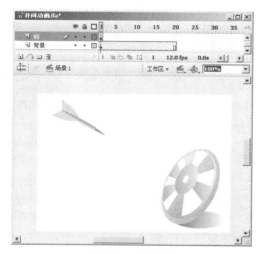

图 4-4 绘制箭

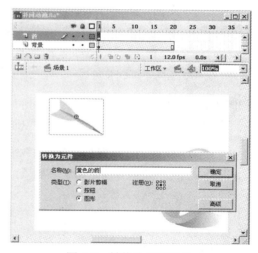

图 4-5 转换为图形元件

 提示　"黄色的箭"在库中注册为元件。元件的类型也可选择为影片剪辑。

步骤 6：在"箭"图层的第 10 帧单击鼠标右键，选择"插入关键帧"命令，如图 4-6 所示。

 提示　"插入关键帧"命令的快捷键是 F6。

步骤 7：单击"选择工具"按钮，选中第 10 帧的箭元件，向箭靶的方向移动，如图 4-7 所示。

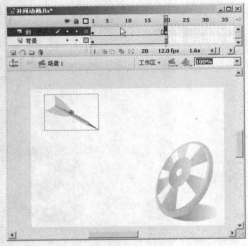

图 4-6　插入关键帧

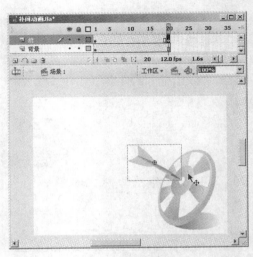

图 4-7　移动位置

步骤 8：按快捷键 Ctrl+Alt+S，弹出"缩放和旋转"对话框，设置缩放 120%，放大箭实例大小，如图 4-8 所示。

图 4-8　缩放和旋转

步骤 9：单击第 1 帧和第 10 帧之间的任意一帧，单击鼠标右键，选择"创建补间动画"命令，在第 1 帧和第 10 帧之间出现蓝色的箭头，如图 4-9 所示。

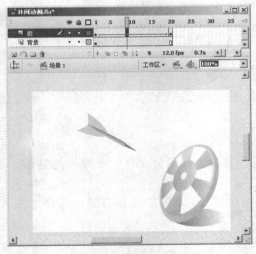

图 4-9　创建补间动画

步骤 10：按 Enter 键预览效果，如图 4-10 所示。

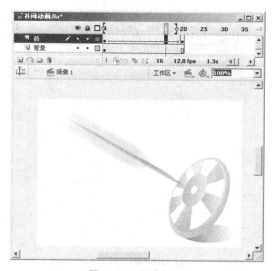

图 4-10 预览效果

 提示 在补间动画中,"缓动"可以设置运动渐变的变速进行。负数值表示做加速变化,即转变过程的开始部分较慢,结束部分变快;正数值表示做减速变化,即转变过程的开始部分较快,结束部分变慢;"0"则表示过渡的过程按匀速进行。

完成步骤 9 后,选择"箭"层第 1 帧和第 20 帧之间的任意一帧,在"属性"面板中,对"缓动"项进行设置。按"Enter"键预览设置正数和负数的不同效果,如图 4-11 所示。

图 4-11 缓动设置

实例 4.2 补间动画(透明度和颜色)

主要技术:动画补间、元件透明度、元件颜色

使用上个实例中的元件完成本实例。

步骤 1:"背景"层不变,延长到 10 帧,并锁定。

步骤 2:单击"插入图层"按钮,创建"箭"图层。

步骤 3:选择库中的"黄色的箭"元件,在"箭"图层的第 1 帧创建元件的实例,如图 4-12 所示。

步骤 4:在"箭"图层的第 10 帧单击鼠标右键,选择"插入关键帧"命令,如图 4-13 所示。

步骤 5:选择第 10 帧的箭,向箭靶的方向移动,在"属性"面板中,打开"颜色"下拉列表,选择"Alpha"并设置值为"0",如图 4-14 所示。

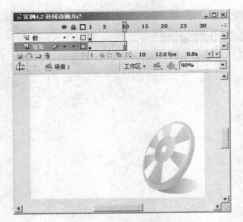

图 4-12　创建实例

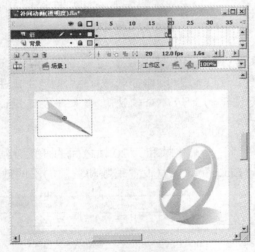

图 4-13　插入关键帧

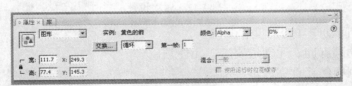

图 4-14　Alpha 设置

步骤 6：选择第 1 帧的箭，在"属性"面板中，打开"颜色"下拉列表，选择"色调"并设置值为"黑色"、"80%"，如图 4-15 所示。

图 4-15　色调设置

步骤 7：单击第 1 帧和第 20 帧之间的任意一帧，单击鼠标右键，选择"创建补间动画"命令，在第 1 帧和第 10 帧之间出现箭头，如图 4-16 所示。

图 4-16　创建补间动画

步骤 8：按 Enter 键预览效果，如图 4-17 所示。

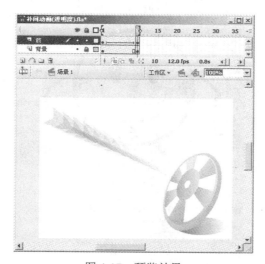

图 4-17　预览效果

实例 4.3　补间动画（旋转）

主要技术：动画补间、旋转设置、元件注册点

步骤 1：绘制卡通闹钟。可以用椭圆工具和铅笔工具进行绘制。在 60 帧"插入帧"，如图 4-18 所示。

步骤 2：单击"插入图层"按钮，创建"钟点"图层。在圆形内以圆心为对称点的上、下、左、右输入 12、6、9、3，可以用辅助线来确定文字输入的位置。在 60 帧"插入帧"，如图 4-19 所示。

步骤 3：单击"插入图层"按钮，创建"分针"图层。在"分针"层的第 1 帧，用直线工具绘制分针，如图 4-20 所示。

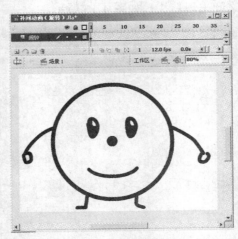

图 4-18　绘制卡通闹钟

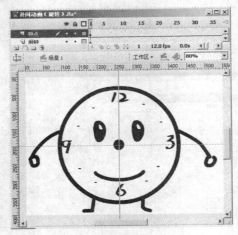

图 4-19　输入文本

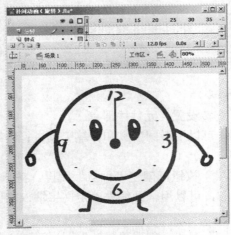

图 4-20　绘制分针

步骤 4：选择分针后按 F8 键，弹出"转换为元件"对话框，输入名称"分"，并选择"图形"类型，注册点选择下部中心，如图 4-21 所示。

图 4-21　转换为元件

步骤 5：在第 60 帧按 F6 键，插入关键帧，单击第 1 帧和第 60 帧之间的任意一帧，单击鼠标右键，选择"创建补间动画"命令，在第 1 帧和第 60 帧之间出现蓝色的箭头，如图 4-22 所示。

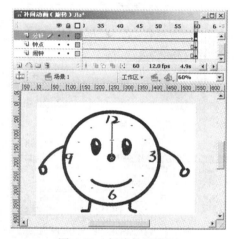

图 4-22　创建补间动画

步骤 6：选择第 2 帧到第 19 帧中的任意一帧，在"属性"面板中打开"旋转"下拉列表，选择"顺时针"，转数为"12"，如图 4-23 所示。

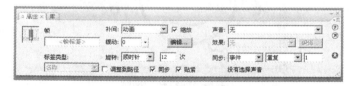

图 4-23　旋转设置

步骤 7：单击"插入图层"按钮，创建"时针"图层。在"时针"层的第 1 帧，用直线工具绘制时针，如图 4-24 所示。

步骤 8：选择分针后按 F8 键，弹出"转换为元件"对话框，输入名称"时"，并选择"图形"类型，注册点选择左侧中心，如图 4-25 所示。

步骤 9：在第 60 帧按 F6 键，插入关键帧，单击第 1 帧和第 60 帧之间的任意一帧，单击鼠标右键，选择"创建补间动画"命令，在第 1 帧和第 60 帧之间出现蓝色的箭头，如图 4-26 所示。

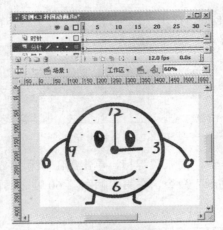

图 4-24 绘制时针

图 4-25 转换为元件

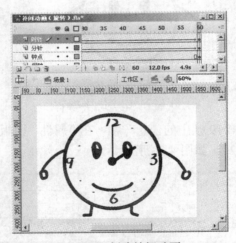

图 4-26 创建补间动画

步骤 10：选择第 2 帧到第 19 帧中的任意一帧，在"属性"面板中打开"旋转"下拉列表，选择"顺时针"，转数为"1"，如图 4-27 所示。

图 4-27 设置旋转

步骤 11：按 Enter 键预览效果，如图 4-28 所示。

图 4-28　预览效果

4.2　形状补间

应用形状补间，可以制作出形状变化的动画。开始帧和结束帧为关键帧，并且关键帧内的对象都是分离的。

实例 4.4　补间形状

主要技术：形状补间、不带笔触的图形绘制

步骤 1：选择椭圆工具，设置笔触颜色为"无"，填充颜色为"蓝色"，在第 1 帧绘制圆，如图 4-29 所示。

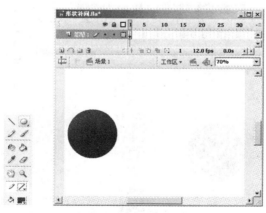

图 4-29　绘制圆

步骤 2：选择多角星形工具，在"属性"面板中设置笔触颜色为"无"，填充颜色为"蓝色"。单击"属性"面板上的"选项"按钮，如图 4-30 所示。

步骤 3：在弹出的"工具设置"对话框中，设置样式为"星形"，边数为"5"，如图 4-31 所示。

图 4-30 设置填充   图 4-31 工具设置

步骤 4：选择第 10 帧，按 F7 键插入空白关键帧，并绘制五角星，如图 4-32 所示。

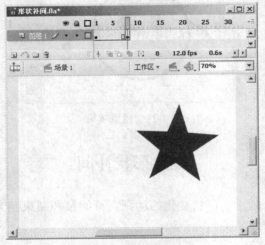

图 4-32 绘制五角星

步骤 5：单击第 1 帧和第 10 帧之间的任意一帧，单击鼠标右键，选择"创建补间形状"命令，在第 1 帧和第 10 帧之间出现绿色的箭头，如图 4-33 所示。

图 4-33 创建补间形状

步骤 6：按 Enter 键预览效果，如图 4-34 所示。

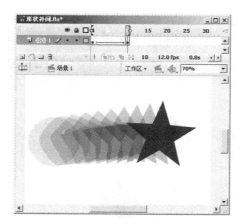

图 4-34　预览效果

4.3　引导线动画

前面的补间动画只能在水平或竖直方向上运动。引导线动画可以让对象按照自己的路径进行移动，从而完成对象的圆周运动或曲线运动。一个引导层可以有多个被引导层，可以是不同被引导层对象沿着引导层的引导线运动。

实例 4.5　引导线动画

主要技术：运动引导层、紧贴至对象、调整到路径

步骤 1：绘制飞机。先用钢笔工具和直线工具绘制出轮廓，再填充颜色，如图 4-35 所示。

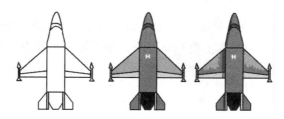

图 4-35　绘制飞机

步骤 2：选择对象后按 F8 键，弹出"转换为元件"对话框，输入名称"飞机"，并选择"图形"类型，设置注册点为中心，如图 4-36 所示。

图 4-36　转换为元件

步骤 3：选择第 20 帧，按 F6 键插入关键帧。单击第 1 帧和第 20 帧之间的任意一帧，单击鼠标右键，选择"创建补间动画"命令，在第 1 帧和第 20 帧之间出现蓝色的箭头，如图 4-37 所示。

图 4-37　创建补间动画

步骤 4：单击"添加运动引导层"按钮，为"飞机"层添加运动引导层，命名为"引导层"，如图 4-38 所示。

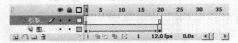

图 4-38　创建引导层

步骤 5：单击工具箱中的"铅笔工具"按钮，在"引导层"第 1 帧绘制飞机的运动路径，并在第 20 帧单击鼠标右键，选择"插入帧"命令，如图 4-39 所示。

 提示　为了绘制柔和的运动路径，在铅笔工具选项内选择"平滑"属性，如图 4-40 所示。铅笔笔触的大小和颜色，不会影响运动引导层的作用，播放时引导层将会被隐藏。

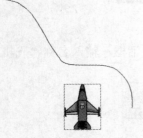

图 4-39　绘制引导线

图 4-40　铅笔选项设置

步骤 6：选择"飞机"层的第 1 帧后，单击工具箱中的"选择工具"按钮，并设置"紧贴至对象"选项，将飞机的中心点与引导线的起始点重合，如图 4-41 所示。

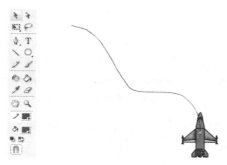

图 4-41　紧贴至对象

步骤 7：选择"飞机"层的第 20 帧，将飞机的中心点与引导线的终止点重合，如图 4-42 所示。

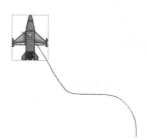

图 4-42　创建关键帧对象

步骤 8：按 Enter 键预览效果，如图 4-43 所示。

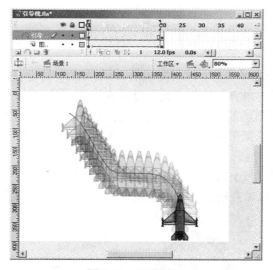

图 4-43　预览效果

提示　在引导线动画中，选择"调整到路径"选项，可以使得被引导的对象的运动方向和引导线保持一致，如图 4-44 所示。

图 4-44　调整到路径

完成步骤 7 后，选择"飞机"层第 1 帧和第 20 帧之间的任意一帧，在"属性"面板中选择"调整到路径"，按 Enter 键预览效果，如图 4-45 所示。

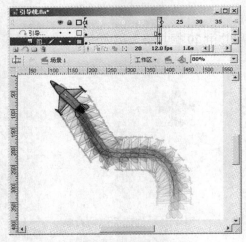

图 4-45　预览效果

4.4　遮罩动画

遮罩动画是通过两个或两个以上图层完成的效果。Flash 的遮罩功能就是按照遮罩层指定的区域，来显示被遮罩层的内容。换句话说，就是在遮罩层掏了一个洞，即"遮罩形状"。通过这个洞，可以显示下面图层的内容，除了透过遮罩形状显示的内容之外，下面图层的内容都被遮罩层隐藏起来了。遮罩形状可以是文字、形状和图形元件的实例或影片剪辑。

实例 4.6　遮罩动画
主要技术：遮罩动画、反光制作
步骤 1：使用椭圆工具和直线工具绘制图形，将图层命名为"眼镜"，如图 4-46 所示。

图 4-46　绘制眼镜

步骤 2：单击"插入图层"按钮，创建"反光"图层，如图 4-47 所示。

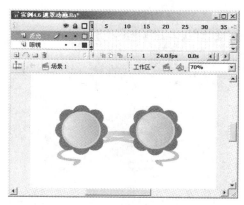

图 4-47　插入图层

步骤 3：选择工具箱中的矩形工具，设置笔触颜色为"无色"，填充颜色为"FEEFD1"，并在第 1 帧绘制矩形组，如图 4-48 所示。

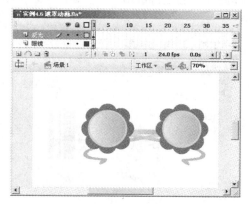

图 4-48　绘制反光条

步骤 4：选择矩形组后按 F8 键，弹出"转换为元件"对话框，输入名称"反光条"，并选择"图形"类型，设置注册点为中心，如图 4-49 所示。

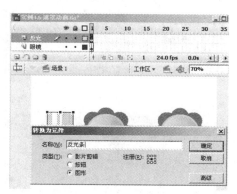

图 4-49　转换为元件

步骤 5：单击"反光"层的第 1 帧，使用任意变形工具调整反光条的角度和位置，如图 4-50 所示。

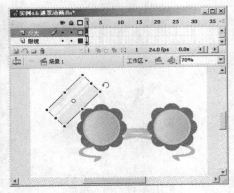

图 4-50　设置角度

步骤 6：选择"反光"层的第 15 帧，按 F6 键插入关键帧。单击第 1 帧和第 15 帧之间的任意一帧，单击鼠标右键，选择"创建补间动画"命令，在第 1 帧和第 15 帧之间出现蓝色的箭头，如图 4-51 所示。

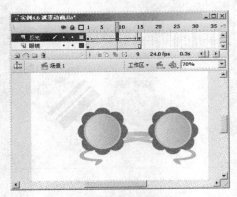

图 4-51　创建补间动画

步骤 7：单击"反光"层的第 15 帧，调整反光条的位置，如图 4-52 所示。

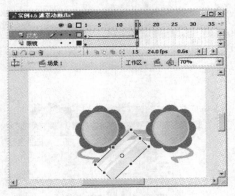

图 4-52　调整位置

步骤 8：选中"反光"层，单击"插入图层"按钮，增加新图层，并命名为"遮罩层"。在"遮罩层"沿着卡通眼镜的镜面绘制一个形状，如图 4-53 所示。

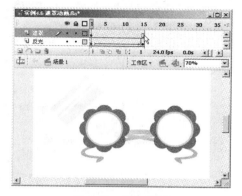

图 4-53　插入图层

步骤 9：选中"遮罩层"图层名称，右击鼠标，选择"遮罩层"命令，将图层转化为遮罩层。"反光"层成为被遮罩层，如图 4-54 所示。

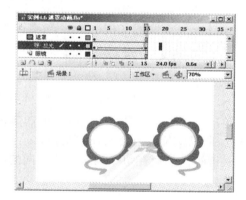

图 4-54　设置为遮罩层

步骤 10：选中"反光"层，单击"插入图层"按钮，插入新的被遮罩图层，命名为"反光 1"。按前面的方法制作另一块眼镜镜片的反光补间动画，如图 4-55 所示。

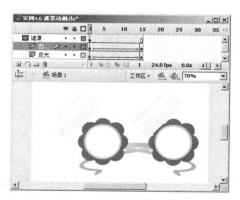

图 4-55　制作补间动画

步骤 11：按 Enter 键预览效果，如图 4-56 所示。

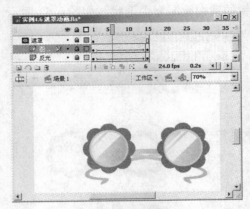

图 4-56　预览效果

提示

在制作遮罩动画时，可以为遮罩层制作动画，也可以为被遮罩层制作动画。本实例中是为被遮罩层（"反光"层）制作补间动画，形成了在遮罩形状（镜面大小形状）出现反光效果。

4.5　逐帧动画

逐帧动画是最基础的动画。传统的动画片，每一秒钟用 24 张静态图画形成动画。多个连续的关键帧就形成了逐帧动画。逐帧动画适合于每一帧中的图像都在改变的动画。逐帧动画中，Flash 会保存每个帧的值，所以文件大小会比补间动画大。

逐帧动画的每一帧都是关键帧，然后在每个帧上创建不同的图像。用逐帧动画表现物体的运动更为流畅、自然。

实例 4.7　逐帧动画

主要技术：插入关键帧、逐帧动画、绘图纸外观

步骤 1：在舞台中绘制植物图形，如图 4-57 所示。

图 4-57　绘制图形

步骤 2：选择"视图>标尺"命令，在舞台上拖出水平和垂直方向的辅助线，将水平辅助线拖动到植物的根部，垂直辅助线拖动到植物中心位置，如图 4-58 所示。

图 4-58　添加辅助线

 注意　可以选择"视图>辅助线>锁定辅助线"命令来固定辅助线。

步骤 3：选中第 2 帧，按 F7 键建立空白关键帧，单击"绘图纸外观轮廓"选项，在第 2 帧显示第 1 帧的图形轮廓，如图 4-59 所示。

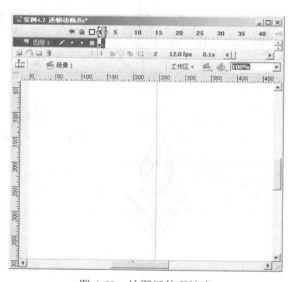

图 4-59　绘图纸外观轮廓

步骤 4：在第 2 帧绘制图形，注意对齐和植物生长规律，如图 4-60 所示。

步骤 5：按同样的方法绘制第 3 帧的图形，如图 4-61 所示。

步骤 6：使用同样的方法绘制之后的关键帧，注意植物生长的规律。按 Enter 键预览效果，如图 4-62 所示。

图 4-60　绘制第 2 帧图形

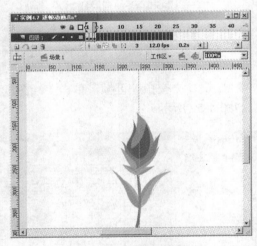

图 4-61　绘制第 3 帧图形

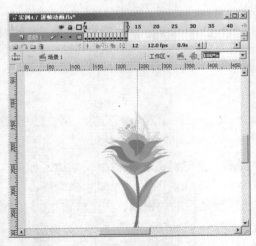

图 4-62　预览效果

花朵开放的过程如图 4-63 所示。

图 4-63　花朵开放的过程

本章小结

　　本章主要讲解 Flash 动画制作的几种常用的动画类型,通过实例讲解 5 种常用动画的制作方法,生动易懂。熟练地掌握 Flash 动画的几种基本类型,并能灵活地运用到影片当中,才能创作出优秀的动画作品。

习题

单选题

1. 在要生成补间动画的两个关键帧中间,右击选择什么选项,生成补间动画?（　　）
　　A. 创建补间动画　　　　　　　　　　B. 创建动画
　　C. 动画　　　　　　　　　　　　　　D. 平移补间

2. 只需设置动画对象在舞台上的起始位置和结束位置,就可以创建平滑的动画,叫做（　　）。
　　A. 效果动画　　　　　　　　　　　　B. 逐帧动画
　　C. 路径动画　　　　　　　　　　　　D. 补间动画

3. 在一个时间点绘制一个形状,然后在另一个时间点改变该形状或绘制另一个形状,就会形成什么类型的动画?（　　）
　　A. 移动补间　　　　　　　　　　　　B. 形状补间
　　C. 渐变补间　　　　　　　　　　　　D. 路径补间

4. 下面选项中,能用路径动画制作的是（　　）。
　　A. 小树长成大树动画　　　　　　　　B. 火苗的抖动动画
　　C. 人的口型动画　　　　　　　　　　D. 卫星的运动轨迹动画

5. 制作路径动画时,"属性"面板的"缓动"选项的取值范围为（　　）。
　　A. 50～-50　　　　　　　　　　　　B. 100～-100
　　C. 10～-10　　　　　　　　　　　　D. 1～-1

6. 下列对移动效果动画叙述正确的是（　　）。
① 运动动画 ② 补间动画 ③ 最简单的 Flash 动画,可以制作不规则运动的动画 ④ 需要添加引导层 ⑤ 可以控制速度的快慢
　　A. ①②③　　　　　B. ④⑤　　　　　C. ②③　　　　　D. ③④⑤

7. 下列选项能使用形状动画制作的是（　　）。

    A. 下雨动画   B. 闪电动画

    C. 人的走路动画   D. 烟雾的扩散动画

8. 下列选项中，Flash 会保存每个帧的值的是（　　）。

    A. 路径动画   B. 逐帧动画

    C. 遮罩动画   D. 形状动画

多选题

1. 在补间动画中，在一个时间点定义一个实例、组或文本块的哪些属性，然后在另一个时间点改变这些属性？（　　）

    A. 位置   B. 大小   C. 旋转   D. 逐帧

2. 下列选项中，对遮罩层叙述正确的是（　　）。

    A. 一个遮罩层可以拥有多个被遮罩层

    B. 制作遮罩动画必须使用图形元件

    C. 在遮罩层上创建一个"图形"，被遮罩层上的图像可以通过该"图形"显示出来，该"图形"以外的部分不会被显示

    D. 在遮罩层上创建一个"图形"，被遮罩层上的图像被该"图形"遮挡，不再显示

3. 下列选项中，哪些在制作遮罩动画时会被忽略？（　　）

    A. 位图   B. 颜色   C. 线条样式   D. 透明

判断题

1. 遮罩层中图形是透明的，那么遮罩出来的效果也是透明的。 （　　）

2. 移动效果和渐变效果能混合制作一段补间动画，并同时显现效果。 （　　）

3. 补间动画包括路径动画。 （　　）

4. 形状动画能添加变速运动。 （　　）

5. 形状动画是补间动画的一种。 （　　）

6. 遮罩层总是遮住紧贴它下面的图层。 （　　）

7. 用渐变的透明图形进行遮罩，显现的遮罩效果也是渐变的效果。 （　　）

第 5 章　Flash 常用特效

内容要点

✖ 重点：Flash 文字特效

✖ 难点：Flash 图像特效

学习目标

✖ 掌握 Flash 的几种文字特效制作

✖ 掌握 Flash 的图像特效制作

　　文字和图像在 Flash 动画中运用非常多，本章主要介绍 Flash 常用的文字和图像特效制作方法，使动画更为生动、绚丽。

5.1　文字模糊出现与反光

实例 5.1　文字模糊出现与反光

主要技术：动画补间、滤镜、遮罩运用

步骤 1：新建 Flash 文档大小：550px×400px，帧频：30fps。在图层 1 的第 1 帧，绘制背景。修改"图层 1"名称为"背景"，锁定"背景"图层，如图 5-1 所示。

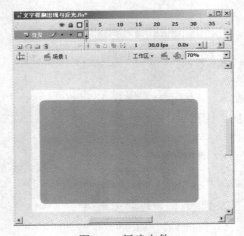

图 5-1　新建文件

步骤 2：单击"插入图层"按钮，创建"文字"图层。选择工具箱中的文本工具。在"属性"面板中设置文本类型为"静态文本"，字体为"Arial Black"，大小为"80"，文本颜色为"#000066"，并输入文本"November"，如图 5-2 所示。

图 5-2　输入文本

步骤 3：选中文字后按 F8 键，弹出"转换为元件"对话框，输入名称"字"，并选择"影片剪辑"类型,将文字转换为影片剪辑元件,如图 5-3 所示。

图 5-3 转换为元件

步骤 4:在第 5 帧按 F6 键,插入关键帧,如图 5-4 所示。

图 5-4 插入关键帧

步骤 5:选中第 1 帧的实例,在"滤镜"面板中设置"模糊"效果。"模糊 X"值为 30,"模糊 Y"值为 30。将实例平移出舞台上部。选中两个关键帧之间的任意一帧,单击鼠标右键,在弹出的菜单中选择"创建补间动画"命令。选择所有图层的第 35 帧,按 F5 键,延长所有图层的帧到第 35 帧,如图 5-5 所示。

图 5-5 滤镜设置

步骤 6:单击时间轴上的"插入图层"按钮,新建图层,修改图层名称为"反光";选择第 6 帧,按 F7 键,插入空白关键帧,如图 5-6 所示。

图 5-6 插入空白关键帧

步骤 7：选择工具箱中的矩形工具，打开"混色器"面板，设置笔触颜色为"无色"，填充类型为"线性"，设置线性渐变色左侧滑块和右侧滑块的颜色为"白色"，Alpha 值均为"0%"，在中间添加一个滑块，颜色为"白色"，Alpha 值为"100%"，并在第 6 帧绘制矩形，如图 5-7 所示。

图 5-7 制作反光条

步骤 8：选中矩形，按 F8 键，弹出"转换为元件"对话框，在对话框中设置参数，名称为"反光条"，类型为图形。将实例平移到文字的左侧，并使用任意变形工具进行旋转，如图 5-8 所示。

图 5-8 转换为元件

步骤 9：选中第 20 帧，按 F6 键，插入关键帧，将实例平移到文字的右侧。选中两个关键帧之间的任意一帧，单击鼠标右键，在弹出的菜单中选择"创建补间动画"命令，如图 5-9 所示。

图 5-9　创建补间动画

步骤 10：单击时间轴上的"插入图层"按钮，新建图层，修改图层名称为"遮罩"；选中"文字"层的第 5 帧，选择文字实例，按快捷键 Ctrl+C 复制。选择"遮罩"层第 6 帧，按 F7 键，插入空白关键帧，按快捷键 Ctrl+Shift+V 原位粘贴复制的文字实例，如图 5-10 所示。

图 5-10　遮罩层

提示　　原位粘贴的快捷键是 Ctrl+Shift+V，这个操作经常用到。

步骤 11：选择"遮罩"层，单击鼠标右键，在弹出的菜单中选择"遮罩层"命令，得到遮罩效果。按 Enter 键，可以看到文字模糊出现与反光效果，如图 5-11 所示。

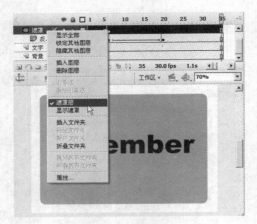

图 5-11 预览效果

5.2 缩放和弹性文字

实例 5.2 缩放和弹性文字

主要技术：动画补间、文字缩放、文字弹性

步骤 1：新建 Flash 文档大小：550px×400px，帧频：24fps。在图层 1 的第 1 帧，绘制背景。修改"图层 1"名称为"背景"。选择第 45 帧，按 F5 键，插入帧，将背景延长到第 45 帧，锁定"背景"图层，如图 5-12 所示。

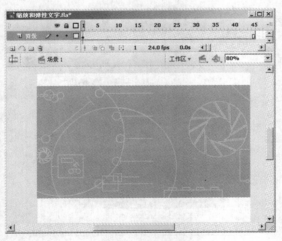

图 5-12 新建文件

步骤 2：单击"插入图层"按钮，创建"缩放"图层。选择工具箱中的文本工具，在"属性"面板中设置文本类型为"静态文本"，字体为"Arial Black"，大小为"36"，并输入文本"I LOVE FLASH"，如图 5-13 所示。

图 5-13　文本输入

步骤 3：选择所有文字，按快捷键 Ctrl+B 两次，文本被完全打散分离，如图 5-14 所示。

图 5-14　文字打散

步骤 4：选择墨水瓶工具，在"属性"面板中设置笔触颜色为白色，笔触高度为 2，单击这些字母，给每个字母描出白色的边，如图 5-15 所示。

I LOVE FLASH

图 5-15　文字描边

步骤 5：选择颜料桶工具，在"属性"面板中设置填充颜色为"#336633"，单击这些字母，给每个字母填充颜色，如图 5-16 所示。

I LOVE FLASH

图 5-16　文字填充

步骤 6：选中文字，按 F8 键，弹出"转换为元件"对话框，在对话框中设置参数，名称为"flash"，类型为"影片剪辑"，如图 5-17 所示。

图 5-17　转换为元件

步骤 7：选择"缩放"层的第 12 帧，单击鼠标右键，选择"插入关键帧"命令。单击第

1 帧，选择影片剪辑元件，选择工具箱中的任意变形工具，将注册点调整至中心点。按快捷键 Ctrl+T，打开"变形"面板，将文字的宽度和高度调整到 300%，如图 5-18 所示。

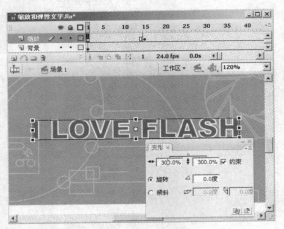

图 5-18　文字变形

　调整注册点的方法是用任意变形工具选定对象，会出现一个空心圆的调节手柄，可以拖动这个手柄来调节对象的注册点（中心点）。本例中文字是从两侧向中心缩小，因此注册点（中心点）应设置在中心点。

步骤 8：在"属性"面板中，打开"颜色"下拉列表，选择"Alpha"并设置值为"0"，如图 5-19 所示。

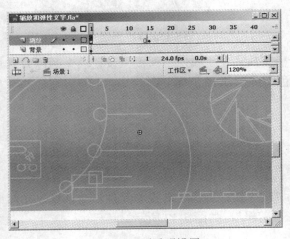

图 5-19　不透明设置

步骤 9：单击第 1 帧和第 12 帧之间的任意一帧，单击鼠标右键，选择"创建补间动画"命令。选择第 1 帧和第 12 帧之间的任意一帧，在"属性"面板中，设置缓动值为"-100"，如图 5-20 所示。

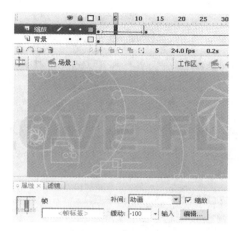

图 5-20　补间创建

　　步骤 10：单击时间轴上的"插入图层"按钮，新建图层，修改图层名称为"弹性"；选择第 13 帧，按 F7 键，插入空白关键帧，如图 5-21 所示。

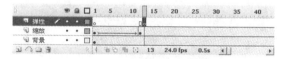

图 5-21　"弹性"图层

　　步骤 11：选择工具箱中的文本工具，在"属性"面板中设置文本类型为"静态文本"，字体为"Arial Black"，大小为"40"，文本颜色为"#336633"，并输入文本"cs3"，如图 5-22 所示。

图 5-22　文本输入

　　步骤 12：选择所有文字，按快捷键 Ctrl+B 两次，文本被完全打散分离。选择墨水瓶工具，在"属性"面板中设置笔触颜色为白色，笔触高度为 2，单击这些字母，给每个字母描出白色的边，如图 5-23 所示。

图 5-23 文本打散描边

步骤 13：选中文字，按 F8 键，弹出"转换为元件"对话框，在对话框中设置参数，名称为"cs 3"，类型为"影片剪辑"。使用任意变形工具将注册点调整至对象的底部中心点，如图 5-24 所示。

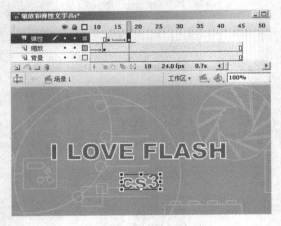

图 5-24 转换为元件

步骤 14：选择第 18 帧，单击鼠标右键，选择"插入关键帧"命令。将文字拖动到舞台偏下位置，在第 13 帧和第 18 帧之间创建补间动画，如图 5-25 所示。

图 5-25 创建补间动画

提示 形成文字快速出场的动画效果。

步骤 15：选择第 22 帧，单击鼠标右键，选择"插入关键帧"命令。选中文字，按快捷键 Ctrl+T，打开"变形"面板，将文字的宽度调整到 120%，高度调整到 35%，如图 5-26 所示。

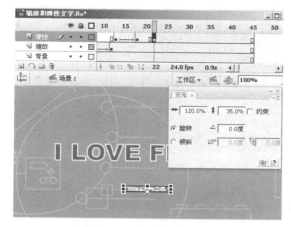

图 5-26　文字挤压效果

 提示　形成文字被挤压的动画效果。

步骤 16：选择第 25 帧，单击鼠标右键，选择"插入关键帧"命令。选中文字，按快捷键 Ctrl+T，打开"变形"面板，将文字的宽度调整到 100%，高度调整到 110%，如图 5-27 所示。

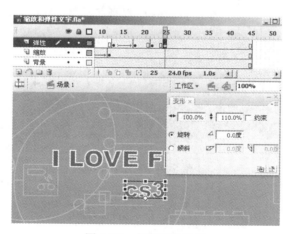

图 5-27　文字反弹效果

 提示　形成文字反弹的动画效果。

步骤 17：选择第 28 帧，单击鼠标右键，选择"插入关键帧"命令。选中文字，按快捷键 Ctrl+T，打开"变形"面板，将文字的宽度和高度调整到 100%，如图 5-28 所示。

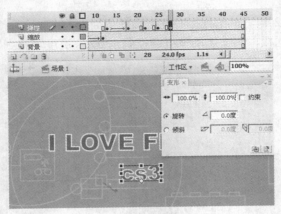

图 5-28　文字还原效果

 提示　形成文字还原的动画效果。

　　步骤 18：在关键帧 18、22、25、28 帧之间创建补间动画，按 Enter 键预览效果，如图 5-29 所示。

图 5-29　预览效果

5.3　文字逐帧动画

实例 5.3　文字逐帧动画

主要技术：文本打散、翻转帧

　　步骤 1：新建 Flash 文档大小：550px×400px，帧频：20fps。修改"图层 1"名称为"背景"，绘制如图 5-30 所示的黑板。选择"背景"层的第 35 帧，单击鼠标右键，选择"插入帧"命令。

图 5-30　背景绘制

　　步骤 2：单击时间轴上的"插入图层"按钮，新建图层，修改图层名称为"文字"；选择工具箱中的文本工具，在"属性"面板中设置文本类型为"静态文本"，字体为"黑体"，大小为"150"，文本颜色为"#000000"，并输入文本"李"，如图 5-31 所示。

图 5-31　文本输入

　　步骤 3：选择所有文字，按快捷键 Ctrl+B 两次，文本被完全打散分离，如图 5-32 所示。

图 5-32　文本打散

　　步骤 4：在"文字"层的第 2 帧按 F6 键，插入关键帧。选择工具箱中的橡皮擦工具，将文字的最后一部分擦除，如图 5-33 所示。

图 5-33　笔画擦除

步骤 5：在"文字"层的第 3 帧按 F6 键，插入关键帧。选择工具箱中的橡皮擦工具，将文字的最后一部分擦除，如图 5-34 所示。

图 5-34　笔画擦除

步骤 6：以此类推，直到最后的一笔"横"被擦除为止，如图 5-35 所示。

图 5-35　笔画擦除

步骤 7：擦完一个笔画后，需要停顿几帧，如图 5-36 所示。

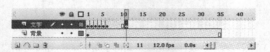

图 5-36　停顿关键帧

步骤 8：按照同样的方法，擦除其他几个笔画，如图 5-37 所示。

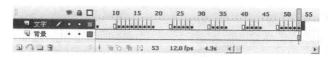

图 5-37　重复操作

步骤 9：选中"文字"层的所有帧，单击鼠标右键，选择"翻转帧"命令，将帧的顺序反过来，如图 5-38 所示。

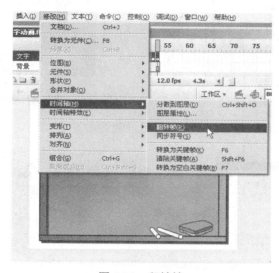

图 5-38　翻转帧

 提示　选择所有帧，单击图层名称或单击鼠标左键拖动到想要选择的帧。

步骤 10：锁定"文字"图层，单击时间轴上的"插入图层"按钮，新建图层，修改图层名称为"粉笔"。在"粉笔"层第 1 帧绘制如图 5-39 所示的粉笔。将粉笔修改为图形元件。

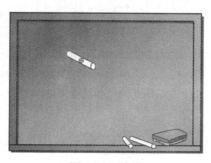

图 5-39　粉笔

步骤 11：调整粉笔方向，在第 1 帧将粉笔对准文字留下笔迹的开始位置，如图 5-40 所示。

步骤 12：在第一笔结束的位置插入关键帧，将粉笔对准文字留下笔迹的末端位置。在关键帧之间创建补间动画，如图 5-41 所示。

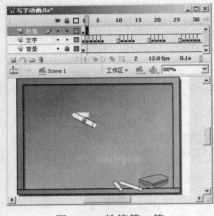

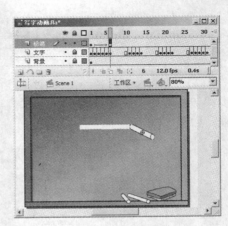

图 5-40　粉笔第一笔　　　　　　　　　　　图 5-41　粉笔补间动画

步骤 13：以此类推，按同样的方法制作每一笔画的粉笔动画，如图 5-42 所示。

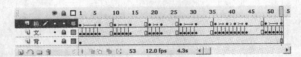

图 5-42　重复操作

步骤 14：按 Enter 键预览效果，如图 5-43 所示。

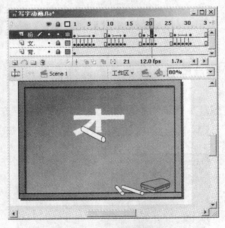

图 5-43　预览效果

5.4　逐个文字动画

实例 5.4　逐个文字动画

主要技术：分散到图层、帧的移动

步骤 1：新建 Flash 文档大小：400px×200px，帧频：24fps，背景色：白色，如图 5-44 所示。

图 5-44 新建文件

步骤 2：选择工具箱中的文本工具，在"属性"面板中设置文本类型为"静态文本"，字体为"Arial Black"，大小为"60"，文本颜色为"#FF6600"，并输入文本"Beautiful"，如图 5-45 所示。

图 5-45 文本输入

步骤 3：选择所有文字，按快捷键 Ctrl+B，将文本打散为单个文字。选择文字，单击鼠标右键，选择"分散到图层"命令，将每个文字单独放置在图层上，如图 5-46 所示。

图 5-46 文本打散

步骤 4：分散到图层后，自动生成了 9 个图层，并用每个字母命名了图层。将最开始的"图层 1"删除，如图 5-47 所示。

图 5-47　分散到图层

步骤 5：选中字母"B"，按 F8 键，将字母转换为图形元件。按同样的方法将其他字母定义为图形元件，如图 5-48 所示。

图 5-48　转换为元件

步骤 6：分别选中所有图层的第 5、10、15 帧，按 F6 键，插入关键帧，如图 5-49 所示。

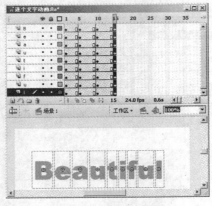

图 5-49　插入关键帧

步骤 7：分别选择所有图层的第 5、15 帧中的文字，按快捷键 Ctrl+T，打开"变形"面板，分别将文字的宽度和高度调整到 80%、80%，如图 5-50 所示。

图 5-50　调整文字宽度和高度

步骤 8：分别在所有图层的第 1、5、10、15 帧之间创建补间动画，如图 5-51 所示。

图 5-51　创建补间动画

步骤 9：选择除"B"层以外的其他图层的所有帧，按住鼠标左键向右拖动 5 帧，松开鼠标，将帧移动，如图 5-52 所示。

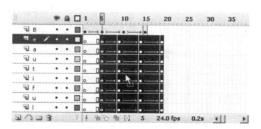

图 5-52　移动帧

步骤 10：按同样的方法，分别将其他各层向后移动。每相邻两层向后移动 5 帧，如图 5-53 所示。

步骤 11：选中所有图层的第 55 帧，按 F5 键，延长帧到第 55 帧，如图 5-54 所示。

步骤 12：按 Enter 键预览效果，如图 5-55 所示。

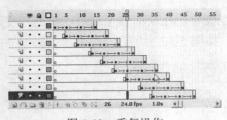

图 5-53　重复操作

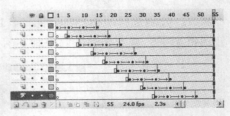

题 5-54　延长帧

图 5-55　预览效果

5.5　照片变油画

实例 5.5　照片变油画

主要技术：转换位图为矢量图、图层技巧

步骤 1：新建 Flash 文档大小：550px×400px，帧频：12fps。选择"文件>导入>导入到库"命令，打开素材文件夹第 5 章中的"image5.5.jpg"。选中图层 1 的第 1 帧，将 image5.5.jpg 从库中拖曳到舞台，并调整位置。修改"图层 1"名称为"背景"，如图 5-56 所示。

图 5-56　新建文件

步骤 2：单击时间轴上的"插入图层"按钮，新建图层，修改图层名称为"油画"。选中"油画"层的第 1 帧，将 image5.5.jpg 从库中拖曳到舞台，并调整位置，如图 5-57 所示。

图 5-57 新建"油画"图层

图片位置应与"背景"层的图片对齐，可通过设置"属性"面板中的"选区的 X 位置"和"选区的 Y 位置"来对齐，如图 5-58 所示。

图 5-58 图片位置确定

步骤 3：单击"油画"层的第 1 帧，选定图片，选择"修改>位图>转换位图为矢量图"命令，将位图修改为矢量图，如图 5-59 所示。

图 5-59 转换为矢量图

步骤 4：单击"油画"层的第 1 帧，选定图片，按 F8 键，弹出"转换为元件"对话框，输入名称"油画图"，并选择"图形"类型，如图 5-60 所示。

图 5-60 转换为元件

步骤 5：单击"油画"层的第 30 帧，按 F6 键，插入关键帧，如图 5-61 所示。

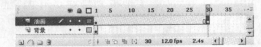

图 5-61　插入关键帧

步骤 6：选定第 1 帧的图片，在"属性"面板中，打开"颜色"下拉列表，选择"Alpha"并设置值为"0"。在第 1 帧和第 30 帧之间创建补间动画，如图 5-62 所示。

图 5-62　创建补间动画

步骤 7：单击"背景"层的第 30 帧，按 F5 键，插入帧，使背景延长到 30 帧，如图 5-63 所示。

图 5-63　延长帧

步骤 8：按 Enter 键预览效果，如图 5-64 所示。

图 5-64　预览效果

5.6 流动的水

实例 5.6 流动的水

主要技术：形状补间、遮罩的应用

步骤 1：新建 Flash 文档大小：400px×280px，帧频：12fps。选择"文件>导入>导入到库"命令，打开素材文件夹第 5 章中的"image5.6.jpg"。选中图层 1 的第 1 帧，将 image5.6.jpg 从库中拖曳到舞台，并调整位置。修改"图层 1"名称为"背景"，如图 5-65 所示。

图 5-65　新建文件

步骤 2：单击时间轴上的"插入图层"按钮，新建图层，修改图层名称为"水波"。选中"背景"层第 1 帧的位图，按快捷键 Ctrl+C 进行复制，选中"水波"层的第 1 帧，按快捷键 Ctrl+Shift+V 将位图进行原位粘贴，并调整位图的位置，如图 5-66 所示。

图 5-66　"水波"层

> **提示** 本实例中上、下两层的图片需要有稍微的错位。可通过设置"属性"面板中的"选区的 X 位置"和"选区的 Y 位置"来设置。Y 位置相差 1 个像素即可。

步骤 3：单击时间轴上的"插入图层"按钮，新建图层，修改图层名称为"遮罩"，如图 5-67 所示。

图 5-67　"遮罩"层

步骤 4：选中"遮罩"层的第 1 帧，选择工具箱中的刷子工具，绘制线条，无需太规则，如图 5-68 所示。

图 5-68　水纹制作

步骤 5：单击"遮罩"层的第 25 帧，按 F7 键，插入空白关键帧，绘制线条，如图 5-69 所示。

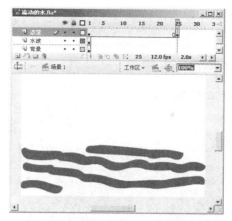

图 5-69 水纹制作

步骤 6：在"遮罩"层的第 1 帧和第 25 帧之间创建补间形状，如图 5-70 所示。

图 5-70 创建补间形状

步骤 7：单击"背景"层和"水波"层的第 25 帧，按 F5 键，插入帧，使其延长到 25 帧，如图 5-71 所示。

图 5-71 延长帧

选中"遮罩"层并右击，在弹出的快捷菜单中选择"遮罩层"命令。按 Enter 键预览效果，如图 5-72 所示。

图 5-72　预览效果

5.7　老电影

实例 5.7　老电影

步骤 1：新建 Flash 文档大小：550px×400px，帧频：12fps。选择"文件>导入>导入到库"命令，打开素材文件夹第 5 章中的"image5.7.jpg"。选中图层 1 的第 1 帧，将 image5.7.jpg 从库中拖曳到舞台，并调整位置。修改"图层 1"名称为"背景"，如图 5-73 所示。

图 5-73　新建文件

步骤 2：单击时间轴上的"插入图层"按钮，新建图层，修改图层名称为"暗光"，如图 5-74 所示。

步骤 3：在"暗光"层的第 1 帧，选择工具箱中的矩形工具，笔触颜色选择为空，填充颜色设置为渐变色。填充类型为"放射状"，混色器中颜色指针的颜色都为"白色"，将左边的指针移动到中间位置。左边指针的 Alpha 值为"0%"，右边指针的 Alpha 值为"80%"，如图 5-75 所示。

图 5-74　插入图层

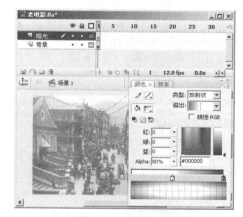

图 5-75　暗光颜色

步骤 4：绘制和场景大小基本相同的矩形，如图 5-76 所示。

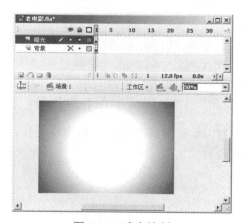

图 5-76　暗光绘制

步骤 5：单击时间轴上的"插入图层"按钮，新建图层，修改图层名称为"刮纹"。选择工具箱中的铅笔工具或直线工具，设置笔触颜色为"#999999"，并在第 1 帧绘制刮纹，如图 5-77 所示。

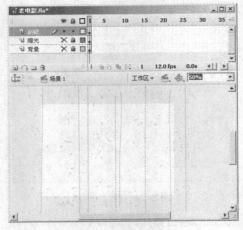

图 5-77　刮纹制作

步骤 6：选中"刮纹"图层第 1 帧的对象，按 F8 键，弹出"转换为元件"对话框，在对话框中设置参数，名称为"刮条纹"，类型为"图形"，如图 5-78 所示。

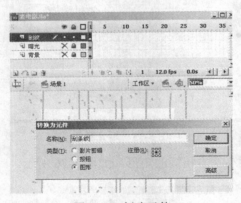

图 5-78　创建元件

步骤 7：双击"刮条纹"图形元件，进入元件编辑状态。单击图层第 2 帧，按 F7 键插入空白关键帧，按照第 1 帧的绘制方法绘制第 2 帧的刮纹。可以单击"绘图纸外观"按钮，参照第 1 帧的刮纹来绘制。不要和第 1 帧一样，如图 5-79 所示。

提示　对于刮纹的绘制，后面的帧不要和前面的帧一样，可以使用"绘图纸外观"来参照绘制后面的刮纹。

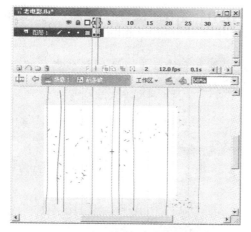

图 5-79　刮纹绘制

步骤 8：按同样的方法绘制刮纹，绘制 8～10 帧，如图 5-80 所示。

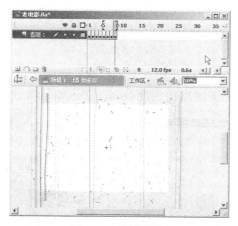

图 5-80　刮纹绘制

步骤 9：单击"场景 1"，返回主场景。选择"背景"层的图片，按 F8 键，弹出"转换为元件"对话框，在对话框中设置参数，名称为"背景"，类型为"影片剪辑"，如图 5-81 所示。

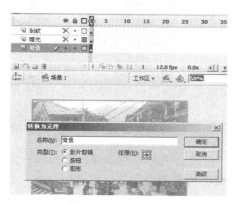

图 5-81　元件创建

步骤 10：选中影片剪辑元件，选择"滤镜"，添加"调整颜色"滤镜，并调整亮度和饱和度的值，如图 5-82 所示。

提示 背景图片需减少亮度和饱和度以达到整个影片的色调和谐。在动画中使用滤镜会降低影片的播放速度。

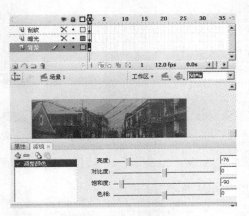

图 5-82　调整颜色滤镜

步骤 11：在"背景"层的第 15、30 帧按 F6 键，插入关键帧。选中第 15 帧的元件，向右移动 3 个像素，再在 3 个关键帧直接创建补间动画。延长其他层到 30 帧，如图 5-83 所示。

图 5-83　补间动画

步骤 12：单击时间轴上的"插入图层"按钮，新建图层，修改图层名称为"黑框遮罩"。选择工具箱中的矩形工具，设置笔触颜色为"#000000"，填充颜色为无色，绘制矩形，如图 5-84 所示。

步骤 13：填充两个矩形中间区域为黑色，按 Enter 键预览效果，如图 5-85 所示。

提示 在动画制作中，经常会用到黑框遮罩。当然不一定是黑色的，根据影片的需要可以设置其他颜色的遮罩。

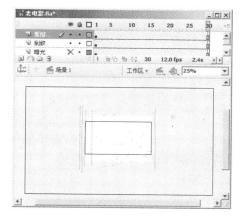

图 5-84　黑框遮罩

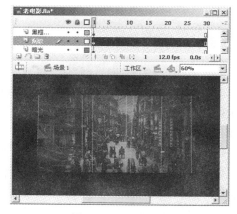

图 5-85　预览效果

本章小结

　　本章主要讲解 Flash 常用的特效操作技巧，通过实例的分析，运用几种基本类型动画制作出文字特效和图像特效。文字和图像特效在 Flash 中运用很多，掌握不同的动画制作方法，可以更为灵活地、举一反三地制作出各种特效动画。

习题

单选题

1．下列元素，放在同一图层的一个关键帧上时，排在最下面的是（　　）。
　　A．铅笔线　　　　　　B．图形元件　　　　C．组　　　　　　　　D．文本
2．在使用矩形工具绘制方形时，通过哪个选项能得到精确的圆滑边角？（　　）
　　A．平滑半径　　　　　　　　　　　　B．边角半径

C. 选择工具　　　　　　　　　　D. 边角光滑

3. 下列选项中，对弹性动画过程叙述正确的是（　　）。

　　A. 复位 → 反弹 → 挤压　　　　　B. 挤压 → 反弹 → 复位

　　C. 出场 → 挤压 → 复位　　　　　D. 挤压→复位 → 反弹

4. 下列现象，一般情况下不会使用遮罩动画制作的是（　　）。

　　A. 放大镜效果　　　　　　　　　B. 风吹动的效果

　　C. 水下水波折射　　　　　　　　D. 望远镜效果

5. 在制作模仿手写逐帧动画的案例时，是用下列选项中哪个动画类型完成的？（　　）

　　A. 逐帧　　　　　B. 旋转　　　　　C. 渐变　　　　　D. 倾斜

6. 可以为图像的整个边缘应用颜色的滤镜是（　　）。

　　A. 泛光滤镜　　　　B. 羽化滤镜　　　C. 发光滤镜　　　　D. 斜角滤镜

多选题

1. 在制作水波动画案例中，下列哪些会影响水波效果？（　　）

　　A. 线条透明度　　　　　　　　　B. 线条颜色

　　C. 线条间隔　　　　　　　　　　D. 线条粗细

2. 制作旋转动画时，"属性"面板的"旋转"下拉菜单有哪几个可以被选择？（　　）

　　A. 自动　　　　　B. 逆时针　　　　C. 旋转次数　　　　D. 顺时针

3. 形状动画可以对物体的哪些属性进行补间？（　　）

　　A. 不透明度　　　　B. 位置　　　　C. 颜色　　　　D. 大小

4. 对"属性"面板中"缓动"选项叙述正确的是（　　）。

　　A. 负值以较快的速度开始补间，越到末尾，速度越高

　　B. 正值以较快的速度开始补间，越到末尾，速度越低

　　C. 负值以较慢的速度开始补间，越到末尾，速度越高

　　D. 正值以较慢的速度开始补间，越到末尾，速度越低

判断题

1. Flash 的滤镜功能不能叠加使用。　　　　　　　　　　　　　　　（　　）

2. 在 Flash 动画中，能同时为多个图层添加补间动画。　　　　　　　（　　）

3. 舞台本身也可以添加滤镜效果。　　　　　　　　　　　　　　　　（　　）

4. Flash 能对视频进行剪辑。　　　　　　　　　　　　　　　　　　（　　）

第 6 章　Flash 综合应用

内容要点

✖ 重点：Flash 动画综合应用

　　　　Flash Banner、产品宣传广告制作

　　　　手机彩信制作

　　　　电子贺卡制作

✖ 难点：Flash 动画综合应用

　　　　Flash Banner、产品宣传广告制作

　　　　手机彩信制作

　　　　电子贺卡制作

学习目标

✖ 掌握 Flash 网络广告的制作方法

✖ 掌握手机彩信的制作方法

✖ 掌握电子贺卡的制作方法

✖ 熟悉商业动画的制作流程

✖ 了解商业动画的构思和实现

Flash 动画在商业网站上的应用非常多，现在随意打开一个网站，都可以看到 Flash 动画的踪影。比如 Flash Banner 广告、产品宣传广告、电子贺卡、手机彩信下载等，有的网站甚至还完全使用 Flash 来实现。本章将通过多个实例，分析和讲解商业网站 Flash 动画制作流程和方法。

6.1　网站 Banner 制作

Banner 是一种网络广告形式，可以是网幅广告、旗帜广告、横幅广告，是网站中网络广告的主要表现形式之一。Banner 广告一般是放置在网页上的不同位置，在用户浏览网页信息的同时，吸引用户对于广告信息的关注，从而获得网络营销的效果。

Banner 广告有多种表现规格和形式，根据不同版面的实际情况，大小、形状也略有不同，最常用的是 468 像素×60 像素的标准标志广告。Banner 主要作用是放在网页上吸引注意力，进行广告宣传。针对这个特点，在制作时应该尽量让它新颖、独特，能吸引人的注意力。

实例 6.1　网站 Banner 制作

创意说明：

为了配合"甜心天使"宝宝的网站风格，动画的背景颜色简单柔和。

动画的背景图片采用可爱的宝宝图片。

公司名称逐一出现，简洁明了。

用简明扼要的语句说明公司的服务对象。

步骤 1：新建 Flash 文档大小：468px×60px，帧频：12fps。修改"图层 1"名称为"背景"，如图 6-1 所示。

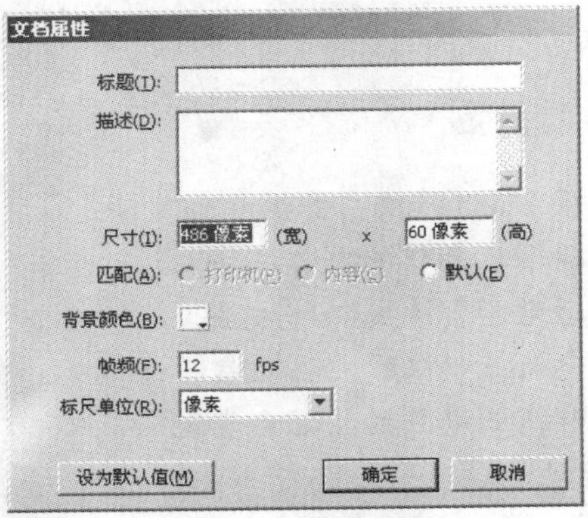

图 6-1　新建文件

步骤 2：选择工具箱中的矩形工具。设置笔触颜色为无，填充颜色为"渐变色"。在"颜色"面板中设置渐变色类型为"线性"，设置线性渐变色左侧滑块和右侧滑块的颜色分别为"#CEDE94"和"#EFA510"，Alpha 值均为"100%"，在中间添加一个滑块，颜色为"#D6CE6B"，Alpha 值为"100%"，并在第 1 帧绘制矩形，如图 6-2 所示。

步骤 3：选中矩形，按 F8 键，弹出"转换为元件"对话框，在对话框中设置参数，名称为"背景"，类型为"图形"，将矩形转化为图形元件。双击图形元件，进入元件编辑状态，如图 6-3 所示。

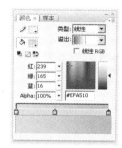

图 6-2　绘制背景矩形

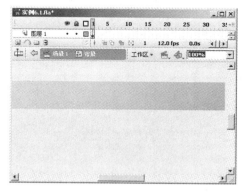

图 6-3　转换为元件

步骤 4：单击时间轴上的"插入图层"按钮，新建图层。选择工具箱中的矩形工具，设置笔触颜色为"无"，填充颜色为"#DEE7E7"，并在第 1 帧绘制矩形，如图 6-4 所示。

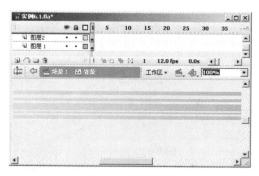

图 6-4　绘制矩形

步骤 5：单击时间轴上的"插入图层"按钮，新建图层。选择工具箱中的椭圆工具，设置笔触颜色为"#E7E7BD"，笔触高度为"2"，填充颜色为"无"，并在第 1 帧绘制椭圆，如图 6-5 所示。

步骤 6：单击"场景 1"按钮，回到主场景。在"背景"层的第 60 帧按 F5 键，延长背景到 60 帧。单击时间轴上的"插入图层"按钮，新建图层，命名为"文字"。在"文字"层的第 6 帧按 F7 键，插入空白关键帧，如图 6-6 所示。

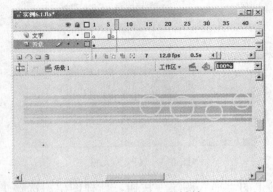

图 6-5　绘制椭圆

图 6-6　插入空白关键帧

步骤 7：在"文字"层的第 6 帧，选择工具箱中的文本工具，设置字体为"黑体"，字号为"30"，填充颜色为"白色"，并在合适的位置输入"甜"字。选中文字，按快捷键 Ctrl+B两次，文本被完全打散分离。选择工具箱中的墨水瓶工具，设置笔触颜色为"#F26F17"，给文字描边，如图 6-7 所示。

图 6-7　输入文字

步骤 8：用同样的方法输入后面的文字并描边，如图 6-8 所示。

图 6-8　输入文字

步骤 9：单击时间轴上的"插入图层"按钮，新建图层，命名为"文字遮罩"。在"文字遮罩"层的第 6 帧按 F7 键，插入空白关键帧，如图 6-9 所示。

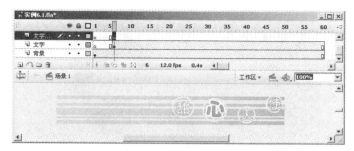

图 6-9 插入空白关键帧

步骤 10：在"文字遮罩"层的第 6 帧，选择工具箱中的矩形工具，设置笔触颜色为"无"，填充颜色为"白色"，并在第 6 帧绘制矩形。选中矩形，按 F8 键，弹出"转换为元件"对话框，在对话框中设置参数，名称为"文字遮罩块"，类型为"图形"，将矩形转换为图形元件，如图 6-10 所示。

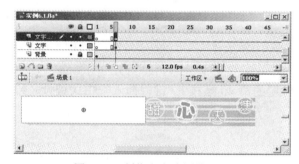

图 6-10 制作文字遮罩块元件

步骤 11：在"文字遮罩"层的第 30 帧，按 F6 键，插入关键帧，并将"文字遮罩块"元件拖动到右侧。单击第 6 帧和第 30 帧之间的任意一帧，单击鼠标右键，选择"创建补间动画"命令，如图 6-11 所示。

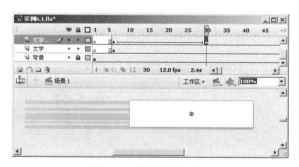

图 6-11 创建补间动画

步骤 12：选中"文字遮罩"层并右击，在弹出的快捷菜单中选择"遮罩层"命令，将图层变为遮罩层，如图 6-12 所示。

步骤 13：单击时间轴上的"插入图层"按钮，新建图层，命名为"娃娃"。在"娃娃"层的第 1 帧绘制娃娃头像，如图 6-13 所示。

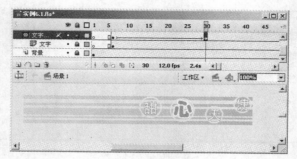

图 6-12　创建遮罩层

图 6-13　绘制娃娃头像

步骤 14：在"娃娃"层的第 40 帧按 F7 键，插入空白关键帧。绘制娃娃头像，如图 6-14 所示。

图 6-14　绘制娃娃头像

步骤 15：将娃娃头像调整到合适的位置，如图 6-15 所示。

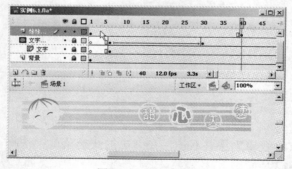

图 6-15　调整位置

步骤 16：单击时间轴上的"插入图层"按钮，新建图层，命名为"文字 1"。在"文字 1"层的第 40 帧按 F7 键，插入空白关键帧。选择工具箱中的文本工具，设置字体为"黑体"，填充颜色为"白色",并输入"孩子乐园"4 个字,如图 6-16 所示。

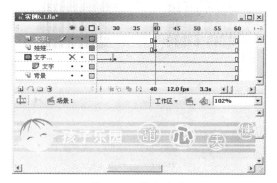

图 6-16　输入文字

步骤 17:选中文字,按快捷键 Ctrl+B 两次,文本被完全打散分离。选择工具箱中的任意工具,选择"扭曲"选项,将文字变形,如图 6-17 所示。

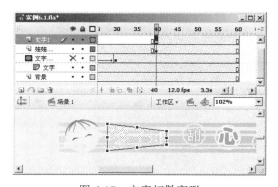

图 6-17　文字打散变形

步骤 18:选中文字,按 F8 键,弹出"转换为元件"对话框,在对话框中设置参数,名称为"文字",类型为"影片剪辑",将矩形转化为影片剪辑元件,如图 6-18 所示。

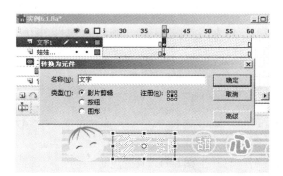

图 6-18　转换为元件

步骤 19:选中"文字"影片剪辑,在"属性"面板的"滤镜"选项中增加"发光"滤镜。发光模糊 X 和模糊 Y 都为 15,强度为 800%,颜色为"#F26F17",如图 6-19 所示。

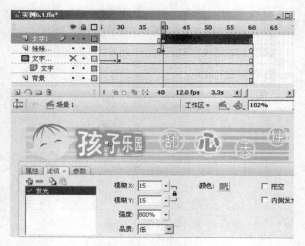

图 6-19　设置"发光"滤镜

步骤 20：在"文字 1"层的第 47 帧按 F6 键，插入关键帧。选中第 45 帧的影片剪辑元件，选择工具箱中的任意变形工具，将影片剪辑缩放。单击第 40 帧和第 45 帧之间的任意一帧，单击鼠标右键，选择"创建补间动画"命令，如图 6-20 所示。

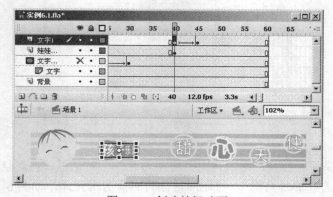

图 6-20　创建补间动画

步骤 21：选择第 40 帧和第 45 帧之间的任意一帧，在"属性"面板中，设置缓动值为"-100"，如图 6-21 所示。

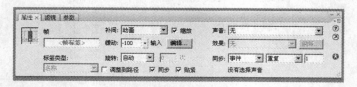

图 6-21　设置缓动

步骤 22：选中所有图层的第 60 帧，按 F5 键，插入帧，延长帧到第 60 帧。按 Enter 键预览效果，如图 6-22 所示。

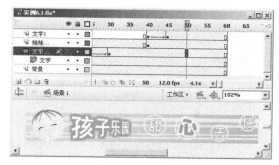

图 6-22　预览效果

6.2　产品宣传广告

Flash 产品宣传广告以动画的形式，来实现对产品的宣传。产品广告有多种规格，一定要根据客户的要求来制作。可以使用各种特技和技巧来制作动画，正确表现创意，把要突出的主题和内容传达给观众。

实例 6.2　产品宣传广告

创意说明：

● 宣传"泡泡堂"游戏的宣传广告，动画使用游戏中的主要角色。

● 动画 LOGO 在动画中多次出现，让观者加深对游戏的印象。

● 制作动画前，先收集游戏的场景图片和 LOGO 标志备用。

步骤 1：新建 Flash 文档大小：400px×300px，帧频：20fps。修改"图层 1"名称为"动画"，如图 6-23 所示。

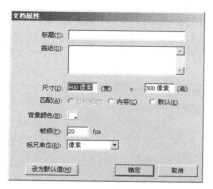

图 6-23　新建文件

步骤 2：选择"视图>标尺"命令，在舞台上拖出水平和垂直方向的辅助线各两条，分别对齐舞台的 4 条边，如图 6-24 所示。

步骤 3：选择工具箱中的矩形工具，设置笔触颜色为"无"，填充颜色为"#8DD4E6"，绘制舞台大小的矩形。选中矩形，按 F8 键，将图片转化为图形元件，命名为"背景 0"，如图 6-25 所示。

图 6-24　辅助线

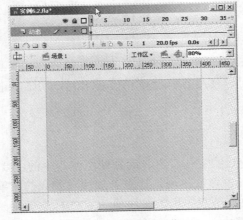

图 6-25　背景 0 制作

步骤 4：删除舞台上的"背景 0"元件实例。选择工具箱中的矩形工具。设置笔触颜色为"无"，填充颜色为线性渐变色。左侧滑块的颜色为"#FFCC00"，右侧滑块的颜色为"#FFFFFF"，绘制一个矩形。选中矩形，按 F8 键，将矩形转换为图形元件，命名为"背景 2"，如图 6-26 所示。

图 6-26　背景 2 制作

步骤 5：双击"背景 2"图形元件，进入元件编辑模式。将"图层 1"命名为"背景"，并单击时间轴上的"插入图层"按钮，新建图层，修改图层名称为"地球"，在第 1 帧绘制如图 6-27 所示的地球，并选中地球，按 F8 键，将地球转换为名为"地球"的图形元件。

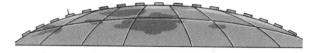

图 6-27　地球绘制

步骤 6：单击时间轴上的"插入图层"按钮，新建图层，修改图层名称为"光线"，在第 1 帧绘制如图 6-28 所示的光线，并选中光线，按 F8 键，将光线转换为名为"光线"的影片剪辑元件（光线实际应选用白色填充，为演示效果，选用了黑色填充）。

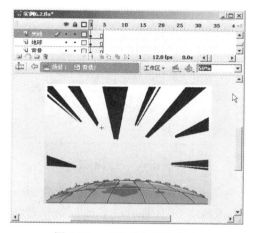

图 6-28　"光线"元件制作

步骤 7：双击"光线"影片剪辑元件，进入元件编辑模式。单击时间轴上的"插入图层"按钮，选中所绘制的光线，按快捷键 Ctrl+C 进行复制，在新建图层的第 1 帧按快捷键 Ctrl+Shift+V 进行原位粘贴。选择"修改>变形>水平翻转"命令，将复制的对象进行水平翻转，如图 6-29 所示（为演示效果，第 2 层的填充色选用了白色）。

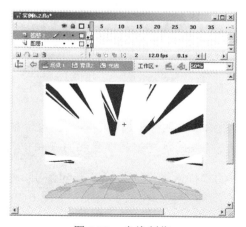

图 6-29　光线制作

步骤 8：选中所有图层的第 2 帧，按 F5 键插入帧，并选中"图层 2"的帧向右移动 2 帧，如图 6-30 所示。

图 6-30　移动帧

步骤 9：单击"背景 2"按钮，回到"背景 2"编辑模式。单击时间轴上的"插入图层"按钮，新建图层，修改图层名称为"人物"，在第 1 帧选择"文件>导入>导入到库"，打开素材文件夹第 6 章中的"image6.2_1.jpg"，将图片拖放到"人物"层的第 1 帧，如图 6-31 所示。

图 6-31　位图拖放

步骤 10：先删除位图的白色底纹。选中位图，按快捷键 Ctrl+B 将位图打散。选择工具箱中的套索工具，单击选择"魔术棒"，单击图片白色底纹的任意处，按 Delete 键，将白色底纹删除，如图 6-32 所示。

图 6-32　位图修改

提示　导入的位图打散后，如果需要选中某些颜色块进行操作，可以选用套索工具中的"魔术棒"选项来选定连续的颜色相同或相似的颜色块。

步骤 11：单击时间轴上的"插入图层"按钮，新建图层，修改图层名称为"影子"，将"影子"图层移动到"人物"层的下面。在第 1 帧绘制如图 6-33 所示的影子，并转换为名为"影子"的图形元件。调整好位置。

图 6-33　影子绘制与调整

步骤 12：单击时间轴上的"插入图层"按钮，新建图层，修改图层名称为"小物体"，在第 1 帧绘制泡泡堂中的飞碟和鞋子，分别转换为图形元件，命名为"飞碟"和"鞋子"，如图 6-34 所示。

图 6-34　小物体绘制与调整

步骤 13：选中所有图层，按 F5 键插入帧，如图 6-35 所示。

图 6-35　插入帧

下面开始制作动画 1。

步骤 14：单击"场景 1"按钮，回到主场景编辑模式，删除舞台上的"背景 2"元件实例。选择"插入>新建元件"命令，弹出"创建新元件"对话框。元件名为"动画 1"，类型为"图形"。双击后进入元件编辑模式，并将"图层 1"修改为"背景"。在库中将"背景 0"图形元件拖放到"背景"层的第 1 帧，调整好位置，如图 6-36 所示。

步骤 15：单击时间轴上的"插入图层"按钮，新建图层，修改图层名称为"泡泡"，在第 1 帧绘制泡泡，并转换为"泡泡"图形元件，如图 6-37 所示。

步骤 16：单击时间轴上的"插入图层"按钮，新建图层，修改图层名称为"LOGO"，在第 1 帧绘制 LOGO，并转换为"LOGO"图形元件，如图 6-38 所示。

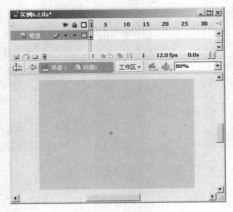

图 6-36　背景

图 6-37　泡泡元件制作

图 6-38　LOGO 元件制作

　　步骤 17：分别在"背景"层的第 25 帧和"泡泡"层的第 20 帧按 F6 键，插入关键帧。将"泡泡"层第 20 帧的元件大小设置为 200%。在第 1 帧和第 20 帧之间创建补间动画，并在第 25 帧按 F6 键，插入关键帧，如图 6-39 所示。

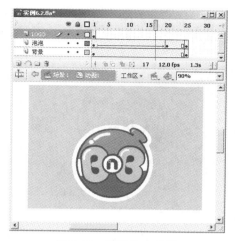

图 6-39　泡泡放大动画

步骤 18：选中"泡泡"层的第 1 帧至第 20 帧之间的任意一帧，在"属性"面板中设置"缓动"选项，单击"编辑"按钮，弹出"自定义缓入/缓出"对话框，调整补间缓动，如图 6-40 所示。

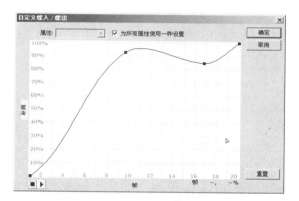

图 6-40　缓动设置

步骤 19：选中"LOGO"层第 1 帧的关键帧，移动到第 17 帧，移动并修改 LOGO 元件的位置和大小，如图 6-41 所示。

图 6-41　LOGO 元件调整

步骤 20：在第 25 帧按 F6 键，插入关键帧，移动并修改 LOGO 元件的位置和大小，如图 6-42 所示。

图 6-42　LOGO 元件调整

步骤 21：在"LOGO"层的第 17 帧至第 25 帧之间创建补间动画。在"属性"面板中设置"缓动"选项，单击"编辑"按钮，弹出"自定义缓入/缓出"对话框，调整补间缓动，如图 6-43 所示。

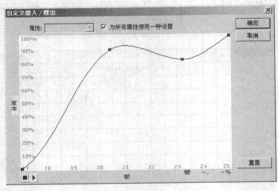

图 6-43　缓动设置

步骤 22：在"背景"层的第 40 帧按 F6 键，插入关键帧。选中第 40 帧的"背景 0"图形元件，将 Alpha 设置为"0"。在第 25 帧至第 45 帧之间创建补间动画，如图 6-44 所示。

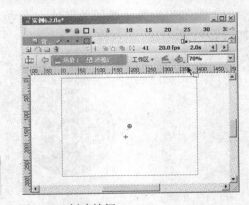

图 6-44　创建补间

步骤 23：分别在"泡泡"层和"LOGO"层的第 35 帧、第 40 帧按 F6 键，插入关键帧。

选中第 40 帧的对象，将元件同时向上移动 3 个像素，设置 Alpha 为"0"，并分别创建补间动画，如图 6-45 所示。

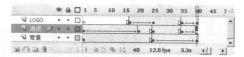

图 6-45　LOGO 动画

步骤 24：单击时间轴上的"插入图层"按钮，新建图层，修改图层名称为"背景 1"，在第 35 帧按 F7 键，插入空白关键帧，并将图层移动到"背景"层的下面。选择"文件>导入>导入到库"命令，打开素材文件夹第 6 章中的"image6.2_2.jpg"图片，将导入的位图拖放到第 35 帧，并调整好位置和大小，如图 6-46 所示。

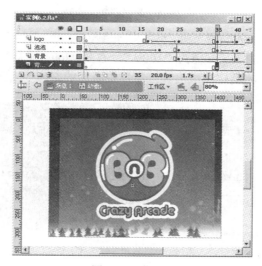

图 6-46　背景 1

步骤 25：单击时间轴上的"插入图层"按钮，新建图层，修改图层名称为"星星"，在第 40 帧按 F7 键，插入空白关键帧，选择工具箱中的笔刷工具，设置填充颜色为"放射状"渐变色。左、右两侧滑块的颜色为"#FFFFFF"，左侧 Alpha 值为"100%"，右侧 Alpha 值为"0%"，刷子大小为"5"，刷子形状为第 2 种，绘制一条直线，如图 6-47 所示。

图 6-47　星星线条绘制

步骤 26：选定线条，按 F8 键，将其定义成名为"星星"的影片剪辑元件。双击进入元件编辑模式。选定线条，按 F8 键，将其定义成名为"星星线条"的图形元件。选中"星星线条"元件，按快捷键 Ctrl+T 打开"变形"面板，设置旋转为"90 度"，单击"复制并应用变形"按钮，复制星星线条实例，如图 6-48 所示。

图 6-48　复制星星线条

步骤 27：选择工具箱中的椭圆工具，设置填充颜色为"放射状"渐变色。左、右两侧滑块的颜色为"#FFFFFF"，左侧 Alpha 值为"100%"，右侧 Alpha 值为"0%"，将左侧滑块向右移动，绘制椭圆。按 F8 键，将其定义成名为"星星中心"的影片剪辑元件，如图 6-49 所示。

图 6-49　星星中心绘制

步骤 28：双击"星星中心"影片剪辑元件，进入元件编辑模式，选择对象，按 F8 键，将其定义为"星星心"图形元件。分别在第 3 帧、第 5 帧按 F6 键，插入关键帧。将第 3 帧的图形元件缩小，分别在关键帧之间创建补间动画，如图 6-50 所示。

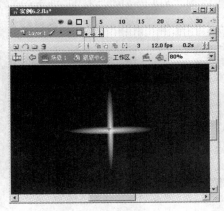

图 6-50　星星中心动画

步骤 29：单击"星星"按钮，回到"星星"影片剪辑编辑模式，如图 6-51 所示。

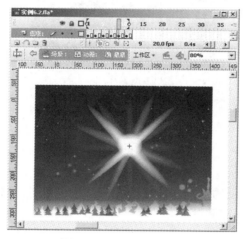

图 6-51　返回影片剪辑编辑模式

步骤 30：分别在第 3、5、7、9、11 帧按 F6 键插入关键帧，并依次对关键帧上的对象进行旋转，角度分别是"30、60、100、90、60"度，如图 6-52 所示。

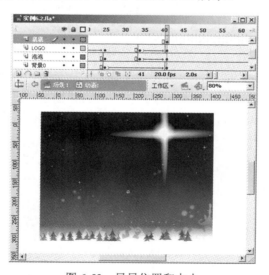

图 6-52　星星旋转动画

步骤 31：单击"动画 1"按钮，回到"动画 1"图形元件编辑模式。选中"星星"层第 40 帧上的星星元件，调整元件的位置和大小，如图 6-53 所示。

图 6-53　星星位置和大小

步骤 32：在第 50 帧按下 F6 键，插入关键帧，并调整星星的位置和大小。在第 40 帧至第 50 帧之间创建补间动画，并将所有图层延长到第 115 帧，如图 6-54 所示。

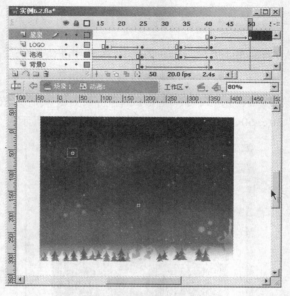

图 6-54　星星滑过动画

步骤 33：单击时间轴上的"插入图层"按钮，新建图层，修改图层名称为"人物"，在第 58 帧按 F7 键，插入空白关键帧，并绘制如图 6-55 所示的人物角色。

图 6-55　绘制人物

步骤 34：选中人物，按 F8 键，将其转化为影片剪辑元件，命名为"人物 1"。双击进入元件编辑模式。单击时间轴上的"插入图层"按钮，新建图层，修改图层名称为"星星"，在第 1 帧从库中将"星星"影片剪辑元件拖入到舞台，设置星星的位置和大小，如图 6-56 所示。

图 6-56　人物与星星

步骤 35：在第 3 帧按 F6 键，插入关键帧，将所有星星选定，向上移动 2 个像素，如图 6-57 所示。

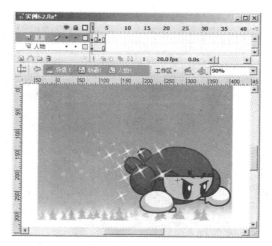

图 6-57　星星动画

步骤 36：单击"动画 1"按钮，回到"动画 1"编辑模式。在"人物"层的第 80 帧按 F6
键，插入关键帧。选中第 58 帧的"人物 1"影片剪辑，移动并设置元件大小为"6%"，如图
6-58 所示。

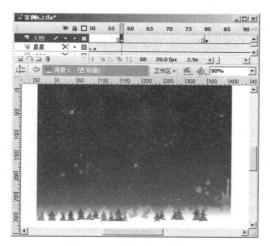

图 6-58　人物大小和位置

步骤 37：选中第 80 帧的"人物 1"影片剪辑，移动并设置元件大小为"180%"。在第 58
帧至第 80 帧之间创建补间动画，如图 6-59 所示。

步骤 38：分别选中"人物"层的第 95、115 帧，按 F6 键插入关键帧，选中第 115 帧的
"人物 1"影片剪辑元件，将其拖出舞台。在第 95 帧至第 115 帧之间创建补间动画，如图 6-60
所示。

步骤 39：单击时间轴上的"插入图层"按钮，新建图层，修改图层名称为"LOGO1"，
在第 75 帧按 F7 键，插入空白关键帧。按快捷键 Ctrl+L，打开"库"面板。在库中选择"LOGO"
图形元件，单击鼠标右键，在弹出的快捷菜单中选择"直接复制"命令，弹出"直接复制元
件"对话框，设置名称为"LOGO 副本"，类型为"影片剪辑"，如图 6-61 所示。

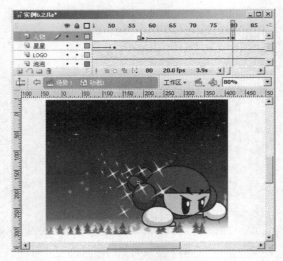

图 6-59　人物飞行动画

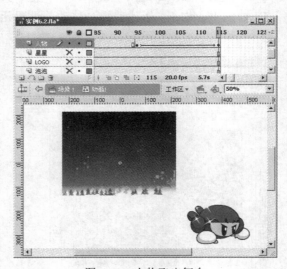

图 6-60　人物飞出舞台

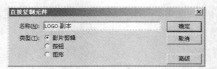

图 6-61　复制 LOGO 元件

提示 需要对 LOGO 元件进行"滤镜"设置，因此复制"LOGO"为影片剪辑元件。

步骤 40：将库中的"LOGO 副本"影片剪辑拖入到第 75 帧的舞台，选中元件，设置元件大小为"160%"。单击"属性"面板的"滤镜"，分别设置"模糊"和"投影"滤镜，如图 6-62 所示。

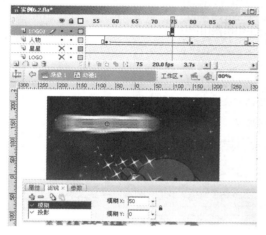

图 6-62　LOGO 滤镜设置

步骤 41：在第 90 帧按 F6 键，插入关键帧。选中影片剪辑元件，将滤镜删除。设置元件大小为"130%"。在第 75 帧至第 90 帧之间创建补间动画，如图 6-63 所示。

图 6-63　LOGO 动画

步骤 42：在第 115 帧按 F6 键，插入关键帧。选中元件，将元件向左移动 5 个像素。在第 90 帧至第 115 帧之间创建补间动画，如图 6-64 所示。

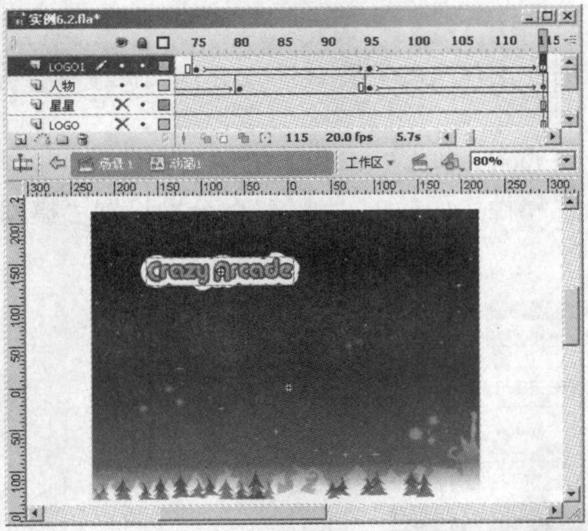

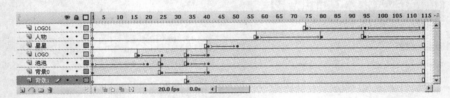

图 6-64　LOGO 移动

至此，动画 1 制作完成。时间轴如图 6-65 所示。

图 6-65　动画 1 时间轴

下面开始制作动画 2。

步骤 43：单击"场景 1"按钮，回到主场景编辑模式。选择"插入>新建元件"命令，弹出"创建新元件"对话框。元件名为"动画 2"，类型为"图形"。双击后进入元件编辑模式。按快捷键 Ctrl+；将显示辅助线，并将"图层 1"修改为"背景"。在库中将"背景 2"图形元件拖放到"人物"层的第 1 帧，调整好位置，如图 6-66 所示。

图 6-66　人物图层

步骤 44：分别在第 10、20、35、40 帧按 F6 键插入关键帧。选中第 10 帧的"背景 2"图形元件，将元件向右移动，如图 6-67 所示。

图 6-67　背景 2 元件移动

步骤 45：选中第 20 帧的"背景 2"图形元件，将元件向下移动，如图 6-68 所示。

图 6-68　元件向下移动

步骤 46：选中第 35 帧的"背景 2"图形元件，将元件向左移动，如图 6-69 所示。

图 6-69　元件向左移动

步骤 47：选中第 45 帧的"背景 2"图形元件，将元件缩小到舞台大小，如图 6-70 所示。

步骤 48：在关键帧之间创建补间动画，并在第 110 帧按 F5 键，插入帧。单击时间轴上的"插入图层"按钮，新建图层，修改图层名称为"LOGO"，在第 45 帧按 F7 键，插入空白关键帧。按快捷键 Ctrl+L，打开"库"面板。在库中选择"LOGO 副本"影片剪辑元件，将其拖放到第 45 帧，如图 6-71 所示。

图 6-70　元件缩小

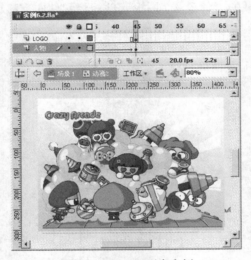

图 6-71　LOGO 副本实例

步骤 49：分别在第 50、85、90 帧按 F6 键，插入关键帧。选择第 45 帧的"LOGO 副本"影片剪辑实例，拖放到舞台的右侧，并设置滤镜效果，如图 6-72 所示。

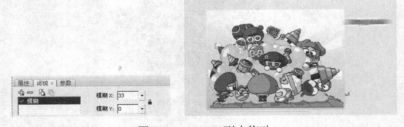

图 6-72　LOGO 副本拖动

步骤 50：选择第 85 帧的"LOGO 副本"影片剪辑实例，向右移动 6 个像素，如图 6-73 所示。

步骤 51：选择第 90 帧的"LOGO 副本"影片剪辑实例，向左移出舞台，如图 6-74 所示。

图 6-73　LOGO 副本移动

图 6-74　LOGO 副本左移出舞台

步骤 52：在关键帧之间创建补间动画，分别设置第 45 帧至第 50 帧、第 85 帧至第 90 帧之间的补间缓动为"-100"，如图 6-75 所示。

图 6-75　补间和缓动

步骤 53：单击时间轴上的"插入图层"按钮，新建图层，修改图层名称为"泡泡"，在第 91 帧按 F7 键，插入空白关键帧。按快捷键 Ctrl+L，打开"库"面板。在库中选择"泡泡"图形元件，将其拖放到第 91 帧，并将元件缩小为"40%"，如图 6-76 所示。

图 6-76　泡泡实例缩小

步骤 54：分别在第 95、108、111、120 帧按 F6 键，插入关键帧。分别将第 95 帧的元件放大为"200%"、第 108 帧的元件放大为"320%"、第 111 帧的元件放大为"510%"、第 120 帧的元件放大为"510%"，如图 6-77 所示。

图 6-77　关键帧插入、元件缩放

步骤 55：分别在关键帧之间创建补间动画，并设置第 120 帧的元件 Alpha 值为 "0"，如图 6-78 所示。

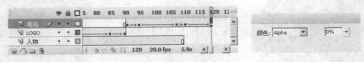

图 6-78　补间动画

至此，动画 2 制作完成。时间轴如图 6-79 所示。

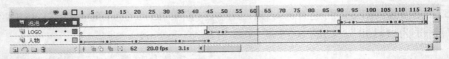

图 6-79　动画 2 时间轴

下面开始制作动画 3。

步骤 56：单击 "场景 1" 按钮，回到主场景编辑模式。选择 "插入>新建元件" 命令，弹出 "创建新元件" 对话框。元件名为 "动画 3"，类型为 "图形"。双击后进入元件编辑模式。将 "图层 1" 修改为 "背景"，按快捷键 Ctrl+；将显示辅助线。选择 "文件>导入>导入到舞台" 命令，打开素材文件夹第 6 章中的 "image6.2_3.jpg" 图片，调整位置，将背景延长到第 85 帧，如图 6-80 所示。

图 6-80　背景

步骤 57：单击时间轴上的 "插入图层" 按钮，新建图层，修改图层名称为 "娃娃"。选择 "插入>新建元件" 命令，弹出 "创建新元件" 对话框，创建元件名为 "娃娃动画" 的图形元件，如图 6-81 所示。

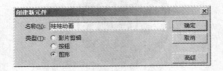

图 6-81　新建元件

步骤 58：进入"娃娃动画"编辑模式。单击时间轴上的"插入图层"按钮，新建图层，共建立 5 个图层，分别命名为"娃 1"、"娃 2"、"娃 3"、"娃 4"、"娃 5"，如图 6-82 所示。

图 6-82　新建图层

步骤 59：选择"文件>导入>导入到库"命令，打开素材文件夹第 6 章中的"娃 1.jpg"、"娃 2.jpg"、"娃 3.jpg"、"娃 4.jpg"、"娃 5.jpg"等 5 张位图，如图 6-83 所示。

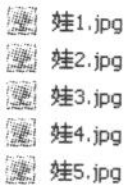

娃1.jpg
娃2.jpg
娃3.jpg
娃4.jpg
娃5.jpg

图 6-83　导入位图

步骤 60：选中"娃 1"图层的第 1 帧，选择库中的"娃 1"位图，拖入到舞台。按快捷键 Ctrl+B 将位图打散，选择工具箱中的套索工具，单击选择"魔术棒"，单击图片白色底纹的任意处，按 Delete 键，将白色底纹进行删除。选中图形，按 F8 键，将其转换为名为"娃娃 1"的图形元件，如图 6-84 所示。

图 6-84　"娃娃 1"元件

步骤 61：选中"娃 2"图层的第 1 帧，按同样的方法制作"娃娃 2"图形元件，如图 6-85 所示。

步骤 62：按同样的方法分别制作"娃娃 3"、"娃娃 4"、"娃娃 5"图形元件，如图 6-86 所示。

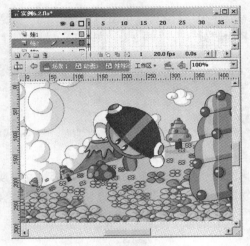

图 6-85 "娃娃 2"元件

步骤 63：选中"娃 1"图层的第 1 帧，将图形元件缩小为"20%"，拖放到靠上的位置，如图 6-87 所示。

图 6-86 娃娃元件

图 6-87 娃 1 的大小和位置

步骤 64：选中所有图层的第 15 帧，按 F6 键插入关键帧。选中"娃 1"图层的第 15 帧，将图形元件大小设置为"100%"，拖放到靠下的位置，如图 6-88 所示。

图 6-88 娃 1 的大小和位置

步骤 65：选中"娃 2"图层的第 1 帧，将图形元件缩小为"58%"，拖放到靠上的位置，如图 6-89 所示。

图 6-89　娃 2 的大小和位置

步骤 66：选中"娃 2"图层的第 15 帧，将图形元件大小设置为"100%"，拖放到靠下的位置，如图 6-90 所示。

图 6-90　娃 2 的位置和大小

步骤 67：按同样的方法制作其他图层关键帧上元件的位置和大小，如图 6-91 所示。

图 6-91　娃娃的大小和位置

 提示　注意娃娃放置的位置和大小可以根据具体情况自行设置。

步骤 68：选中所有图层中第 1 帧与第 15 帧之间的任意一帧，单击鼠标右键，在弹出的快捷菜单中选择"创建补间动画"命令，给所有图层创建补间动画，如图 6-92 所示。

图 6-92　补间动画

步骤 69：选中"娃 2"图层的所有帧，按住鼠标左键，拖动到第 5 帧时松开鼠标，将帧向后移动 5 帧，如图 6-93 所示。

图 6-93　移动帧

步骤 70：按同样的方法，依次向后拖动其他图层的帧，并将所有图层延长到第 50 帧，如图 6-94 所示。

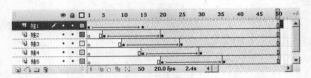

图 6-94　移动帧

步骤 71：按"动画 3"按钮，回到"动画 3"图形元件编辑模式。在"娃娃"图层的第 1 帧放入"娃娃动画"图形元件，并调整位置。在"属性"面板中设置"交换"选项为"播放一次"，延长帧到第 85 帧，如图 6-95 所示。

图 6-95　元件播放一次设置

步骤 72：单击时间轴上的"插入图层"按钮，新建图层，修改图层名称为"LOGO"。选中第 50 帧，按 F7 键，插入空白关键帧。将库中的"LOGO"图形元件拖放到第 50 帧，设置元件放大"750%"，并调整位置，如图 6-96 所示。

图 6-96　LOGO 大小和位置

步骤 73：选中第 55 帧，按 F6 键，插入关键帧，将图形元件放大"300%"，并调整位置，如图 6-97 所示。

图 6-97　LOGO 大小和位置

步骤 74：在第 50 帧至第 55 帧创建补间动画，并延长帧到第 85 帧，如图 6-98 所示。

图 6-98　补间动画

至此，动画 3 制作完成。时间轴如图 6-99 所示。

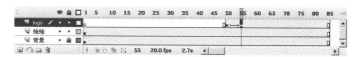

图 6-99　动画 3 时间轴

步骤 75：单击"场景 1"按钮，回到主场景编辑模式。在"动画"层的第 1 帧拖放"动画 1"图形元件到舞台，延长帧到第 115 帧。在第 116 帧按 F7 键，插入空白关键帧，并将"动画 2"图形元件拖放到舞台，延长帧到第 235 帧。在第 236 帧按 F7 键，插入空白关键帧，并将"动画 3"图形元件拖放到舞台，延长帧到第 320 帧，如图 6-100 所示。

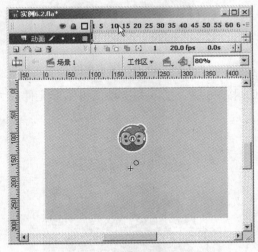

图 6-100　"动画"层制作

步骤 76：单击时间轴上的"插入图层"按钮，新建图层，修改图层名称为"遮罩"。选择工具箱中的矩形工具，设置填充颜色为"无"，笔触颜色为"白色"，绘制舞台大小的矩形，如图 6-101 所示（边框线实际应选用白色，为演示效果，选用了绿色）。

步骤 77：将舞台显示比例设置为"30%"，使用矩形工具绘制更大的矩形，如图 6-102 所示。

图 6-101　矩形绘制

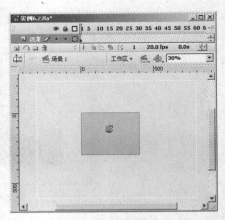

图 6-102　矩形绘制

步骤 78：选择工具箱中的颜料桶工具，设置填充色为"白色"，填充矩形，并延长帧到第 320 帧，如图 6-103 所示。

图 6-115　文字输入

步骤 12：选择"文字"图层的第 5 帧，按 F7 键，插入一个空白关键帧。选择工具箱中的矩形工具，设置笔触颜色为"无"，填充颜色为"#FDD020"，绘制舞台大小的矩形，并在第 10 帧按 F5 键插入帧，如图 6-116 所示。

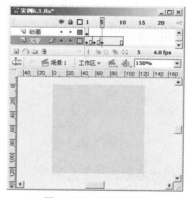

图 6-116　背景制作

步骤 13：选择"动画"层的第 3 帧，按 F6 键，插入关键帧。选择"闪动线"图形元件，按快捷键 Ctrl+T 打开"变形"面板，设置图形元件的"宽度"和"高度"值为"130%"。在第 4 帧，按 F5 键插入帧，如图 6-117 所示。

图 6-117　闪动线放大

步骤 14：选择"动画"图层的第 5 帧，按 F7 键，插入一个空白关键帧。选择"文件>导入>导入到库"命令，打开素材文件夹第 6 章中的"image6.3.gif"，将图片导入到库中。再将图片拖放到舞台，选定后按 F8 键，弹出"转换为元件"对话框，输入名称"唐僧"，并选择"图形"类型，如图 6-118 所示。

图 6-118　元件制作

步骤 15：双击"唐僧"图形元件，进入元件编辑模式，选中第 2 帧，按 F6 键插入一个关键帧。按快捷键 Ctrl+T 打开"变形"面板，设置图形元件的"宽度"和"高度"值为"80%"。选择工具箱中的"任意变形工具"，将图片进行旋转操作，如图 6-119 所示。

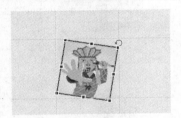

图 6-119　图片选中

步骤 16：单击"场景 1"按钮，返回主场景。选择"动画"图层的第 10 帧，按 F5 键插入帧，如图 6-120 所示。

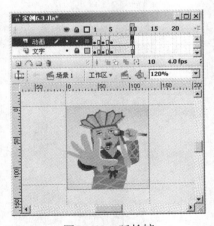

图 6-120　延长帧

提示　动画已制作完毕，现在需要将 Flash 动画导出为 GIF 格式的图片。
GIF 图片最多支持 8 位（256 色）。GIF 在不影响图像质量的情况下，可以生成很小的文件。

步骤 17：选择"文件>导出>导出影片"命令，在弹出的对话框中可以选择保存类型为"GIF 动画"，如图 6-121 所示。

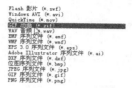

图 6-121　保存类型

　采用步骤 17 的方法可以导出 GIF 格式的图片，但会降低图片的清晰度，因此彩信动画都需要其他的软件来生成 GIF 图片以保证质量。下面将使用 ImageReady 软件来生成 GIF 动画。

步骤 18：选择"文件>导出>导出影片"命令，在弹出的对话框中选择放置序列图片的文件夹，在"保存类型"列表框中选择"PNG 序列文件"，在"文件名"文本框中输入"彩信"，单击"保存"按钮，如图 6-122 所示。

图 6-122　导出 PNG 序列文件

步骤 19：弹出"导出 PNG"对话框，使用默认设置，单击"确定"按钮，如图 6-123 所示。

图 6-123　属性设置

步骤 20：打开保存图片的文件夹，可以看到文件名为"彩信 0001.png"到"彩信 0010.png"的 10 张图片，如图 6-124 所示。

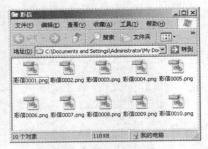

图 6-124　PNG 图片序列

步骤 21：打开 ImageReady 软件，选择"文件>导入>作为帧的文件夹"命令，在弹出的"浏览文件夹"对话框中选择已经保存图片的文件夹，单击"确定"按钮，如图 6-125 所示。

图 6-125　导入文件

步骤 22：在 ImageReady 中出现了"动画"窗口，如图 6-126 所示。

图 6-126　动画窗口

提示　如果没有看到"动画"窗口，选择"窗口>动画"命令来打开窗口。

步骤 23：单击"动画"窗口的第 1 帧，按住 Shift 键的同时，单击第 10 帧，选中所有的帧，如图 6-127 所示。

图 6-127　选定帧

步骤 24：单击帧下方的小箭头，在弹出的快捷菜单中选择"0.2 秒"，设置所有帧的延迟时间为"0.2 秒"，如图 6-128 所示。

步骤 25：选择"窗口优化"命令，在"优化"面板中单击"透明度"按钮，取消"透明区域"的选择，如图 6-129 所示。

图 6-128　延迟时间

图 6-129　优化设置

步骤 26：选择"文件>将优化结果存储为"命令，在弹出的对话框中选择"保存类型"为"仅限图像"，"文件名"为"彩信"，单击"保存"按钮，如图 6-130 所示。

图 6-130　保存 GIF 图片

提示　要减小保存的 GIF 文件的大小，可以在"优化"面板中降低"颜色"数值，如图 6-131 所示。

图 6-131　颜色设置

6.4 圣诞节贺卡

在网络快速发展的今天，电子贺卡常用来传递祝福和友情。相对传统的贺卡而言，用 Flash 制作的电子贺卡有声有色，更显个性化和趣味性，并且发送快捷、经济环保，因此深受现代人的青睐。电子贺卡包括了生日贺卡、祝福贺卡、节日贺卡等不同类型，本节主要以圣诞贺卡的制作为例进行讲解。

实例 6.4 圣诞节贺卡

创意说明：

● 为了营造圣诞节的气氛，卡片采用了雪花飘舞的动画。

● 制作铃铛的摇动，仿佛听到了圣诞节的声音。

● 动画采用了戴鹿角的角色，体现圣诞节的特点。

● 用明亮的文字送上祝福语句。

步骤 1：新建 Flash 文档大小：550px×400px，帧频：12fps。修改"图层 1"名称为"背景"，如图 6-132 所示。

图 6-132 新建文件

步骤 2：选择工具箱中的矩形工具，设置笔触颜色为"无"，填充颜色为"渐变色"。在"颜色"面板中设置渐变色类型为"线性"，设置 4 个颜色滑块，线性渐变色左侧滑块和右侧滑块的颜色为"#FFFFFF"，第 2 个滑块颜色为"#D9BD3C"，第 3 个滑块颜色为"#DBC148"，Alpha 值均为"100%"，在第 1 帧绘制矩形，并延长到 95 帧，如图 6-133 所示。

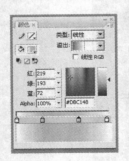

图 6-133 背景渐变色

步骤 3：单击时间轴上的"插入图层"按钮，新建图层，命名为"人物"，并在第 1 帧绘制如图 6-134 所示的环。按 F8 键，将其定义成名为"彩环"的图形元件。

图 6-134 制作彩环元件

步骤 4：选择工具箱中的椭圆工具，设置笔触颜色为"无"，填充颜色为"渐变色"。在"颜色"面板中设置渐变色类型为"放射状"，设置 4 个颜色滑块，颜色分别设置为"#FF7D7D"、"#FF4444"、"#FF0808"、"#B00000"，Alpha 值均为"100%"，绘制如图 6-135 所示的球。按 F8 键，将其定义成名为"红球"的图形元件。

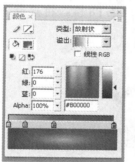

图 6-135 红球制作

步骤 5：选择工具箱中的椭圆工具，绘制如图 6-136 所示的叶子形状。

图 6-136 树叶绘制

步骤 6：选择工具箱中的颜料桶工具，填充颜色为"渐变色"，在"颜色"面板中设置渐变色类型为"线性"，设置左侧滑块颜色为"#49E038"，右侧滑块颜色为"#388130"，Alpha 值均为"100%"，填充树叶颜色，并选中边线，删除黑色边线。按 F8 键，将其定义成名为"叶子"的图形元件，如图 6-137 所示。

图 6-137　叶子填充

步骤 7：绘制如图 6-138 所示的铃铛。按 F8 键，将其定义成名为"铃铛"的图形元件。

图 6-138　铃铛元件制作

步骤 8：绘制如图 6-139 所示的鹿角。按 F8 键，将其定义成名为"鹿角"的图形元件。

图 6-139　鹿角元件制作

步骤 9：绘制如图 6-140 所示的领结。按 F8 键，将其定义成名为"领结"的图形元件。

图 6-140　领结元件制作

步骤 10：绘制如图 6-141 所示的蝴蝶结。按 F8 键，将其定义成名为"蝴蝶结"的图形元件。

图 6-141　蝴蝶结元件制作

步骤 11：绘制如图 6-142 所示的身体。按 F8 键，将其定义成名为"身体"的图形元件。

图 6-142　身体元件制作

步骤 12：绘制如图 6-143 所示的娃娃头部。按 F8 键，将其定义成名为"头部"的图形元件。

图 6-143　头部元件制作

 提示　在绘制娃娃头部时，分别绘制各个部分，并单独定义成图形元件，方便操作和修改，如图 6-144 所示。

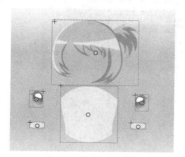

图 6-144　头部各元件

步骤 13：选择"文件>导入>导入到库"命令，打开素材文件夹第 6 章中的"image6.4.jpg"，将位图拖放到舞台，按快捷键 Ctrl+B 将图片打散，使用套索工具和橡皮擦等工具，将图片的底纹和阴影删除。分别选定单个文字，按 F8 键，分别定义成名为"文字 1"、"文字 2"等 14 个图形元件，如图 6-145 所示。

名称
文字1
文字2
文字3
文字4
文字5
文字6
文字7
文字8
文字9

图 6-145　文字图形元件

下面来制作动画。

步骤 14：将"铃铛"图形元件拖放到舞台，按 F8 键，定义成名为"铃铛动画"的图形元件。进入元件编辑模式，单击时间轴上的"插入图层"按钮，新建图层，在新图层的第 1 帧拖入"铃铛"元件，如图 6-146 所示。

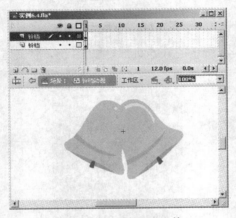

图 6-146　铃铛动画元件

步骤 15：分别在所有图层的第 5、10 帧按 F8 键，插入关键帧。调整第 5 帧关键帧上的对象角度，并分别在关键帧之间创建补间动画，如图 6-147 所示。

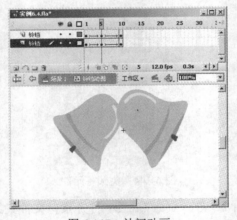

图 6-147　补间动画

步骤 16：单击"场景 1"按钮，回到主场景编辑模式。将娃娃各个部分的图形元件拖放到舞台，并调整好位置，按 F8 键，定义成名为"娃娃"的图形元件，如图 6-148 所示。

步骤 17：删除"人物"层的所有元件。在"人物"层的第 1 帧将"娃娃"、"铃铛动画"、"彩环"、"红球"、"叶子"图形元件拖放到舞台，并调整好位置，如图 6-149 所示。

步骤 18：双击"娃娃"图形元件，进入元件编辑模式。选中第 1 帧上的所有对象，按 F8 键，定义为名为"整体"的图形元件。分别在第 10、20、30、40 帧按 F6 键，插入关键帧，如图 6-150 所示。

图 6-148　娃娃图形元件

图 6-149　整体组合

图 6-150　关键帧

步骤 19：选中第 10 帧的"整体"图形元件，选择工具箱中的任意变形工具，将中心点调整到人物身体的右下方，向左旋转图形，如图 6-151 所示。

图 6-151　图形旋转

步骤 20：选中第 30 帧的"整体"图形元件，选择工具箱中的任意变形工具，将中心点调整到人物身体的右下方，向右旋转图形，如图 6-152 所示。

步骤 21：在所有关键帧之间创建补间动画，如图 6-153 所示。

图 6-152　图形旋转

图 6-153　补间动画

步骤 22：单击"场景 1"按钮，回到主场景编辑模式，并将"人物"层延长帧到第 95 帧。单击时间轴上的"插入图层"按钮，新建图层，命名为"雪花"，如图 6-154 所示。

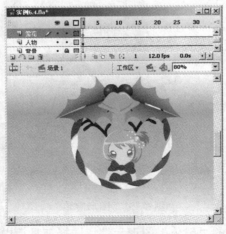

图 6-154　新建图层

步骤 23：在"雪花"层的第 1 帧绘制如图 6-155 所示的雪花。选中雪花，按 F8 键，将其转换成名为"雪花"的图形元件。

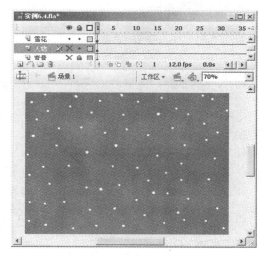

图 6-155　雪花元件绘制

步骤 24：双击"雪花"图形元件，进入元件编辑模式。选中第 1 帧，按 F8 键将所有对象定义成名为"雪花 1"的图形元件。在第 90 帧按 F6 键插入关键帧，将第 90 帧上的元件向下拖出舞台，并在关键帧之间创建补间动画，如图 6-156 所示。

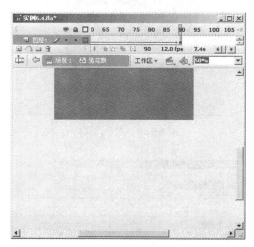

图 6-156　补间动画

步骤 25：单击时间轴上的"插入图层"按钮，新建图层。选中第 1 帧，将"雪花 1"图形元件拖放到舞台上部以外的位置，如图 6-157 所示。

步骤 26：在第 90 帧按 F6 键插入关键帧，将第 90 帧上的元件向下拖至舞台，并在关键帧之间创建补间动画，如图 6-158 所示。

步骤 27：单击"场景 1"按钮，回到主场景编辑模式，并将"雪花"层延长帧到第 95 帧。单击时间轴上的"插入图层"按钮，新建图层，命名为"文字"，如图 6-159 所示。

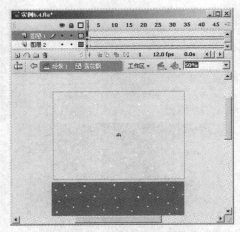

图 6-157 雪花元件位置

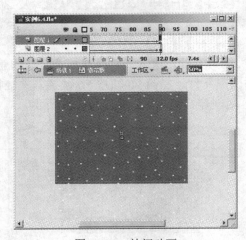

图 6-158 补间动画

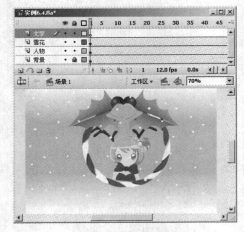

图 6-159 新建图层

步骤28：将库中已创建好的"文字1"至"文字14"图形元件拖放到舞台，调整位置，如图6-160所示。选中所有图形元件，按F8键，将所有对象定义成名为"文字"的图形元件。

图 6-160　文字元件

步骤29：双击"文字"图形元件，进入元件编辑模式。选中所有图形元件，选择"修改时间轴>分散到图层"命令，将文字分散到各个图层，并删除多余的"图层 1"，如图 6-161所示。

图 6-161　分散到图层

步骤30：选中所有图层，在第 6 帧按 F6 键，插入关键帧。将单数位置的字母向上移动位置，并在关键帧之间创建补间动画，如图6-162所示。

图 6-162　补间动画

步骤31：选中所有图层，在第 10 帧按 F6 键，插入关键帧。将单数位置的字母向下移动位置，并在关键帧之间创建补间动画，如图 6-163 所示。

图 6-163　补间动画

步骤 32：单击"场景 1"按钮，回到主场景编辑模式，并将"文字"层延长帧到第 95 帧，如图 6-164 所示。

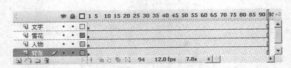

图 6-164　延长帧

步骤 33：按 Enter 键预览效果，如图 6-165 所示。

图 6-165　预览效果

本章小结

本章主要介绍了 Flash 动画综合应用，特别是商业 Flash 动画的制作与应用。Flash Banner

广告是网络广告中最常用的一种广告形式，应用广泛，能直观地将信息传达给浏览者，达到广告的意图。产品宣传广告能突出产品特征，很好地起到对产品的宣传作用。在网络上和大型的宣传活动上，常有 Flash 产品宣传广告的身影。使用 Flash 制作的电子贺卡、手机彩信等，也十分流行和时尚。

习题

单选题

1. 在舞台上要将元件和辅助线的端点自动对齐，可以使用（　　）功能。
   A．贴紧至对象　　　　　　　　　B．对象绘制
   C．锁定填充　　　　　　　　　　D．选取工具
2. 在 Flash 中输出彩信动画，在"保存类型"中选择（　　）。
   A．PNG 序列文件　　　　　　　　B．JPEG 图像
   C．位图　　　　　　　　　　　　D．Windows 元文件
3. Banner 广告大小有很多种，但最常用的是（　　）像素的标准标志广告。
   A．128×256　　　　　　　　　　B．256×256
   C．200×400　　　　　　　　　　D．468×60
4. 设定 Flash 帧频为"16 帧/秒"，5 秒的动画应该共有多少帧？（　　）
   A．64　　　　　　B．80　　　　　　C．96　　　　　　D．48

多选题

1. 下面选项中，对"套索工具"叙述正确的是（　　）。
   A．魔术棒：将选择与单击颜色"相同"的区域
   B．多边形模式：将按鼠标画的多边形区域进行选择
   C．多边形模式的区别在于是用直线绘制选区
   D．套索工具有 2 个辅助选项
2. 下面对"影片剪辑"叙述正确的是（　　）。
   A．是主时间轴内的嵌套时间轴
   B．包含交互式控制声音甚至其他影片剪辑
   C．可以将影片剪辑实例放在按钮元件时间轴内，去创建动画按钮
   D．在任何情况下，都能预览效果
3. 对已经分离的位图说法正确的是（　　）。
   A．可以使用绘画和涂色工具修改位图
   B．可以用分离的位图进行涂色
   C．使用"魔术棒"对位图进行局部选择
   D．可以选择位图内颜色相同的局部区域

判断题

1．Flash 不能输出 gif。 （　　）

2．在 Flash 中输出彩信动画，在"保存类型"中选择"PNG 序列文件"。 （　　）

3．彩信大小没有限制。 （　　）

4．制作补间动画，只需要设置动画对象的起始位置。 （　　）